Dr. med. Josef H. Kaiser

Kneippkur

richtig durchgeführt

Ehrenwirth Kneipp Beratungsbuch

CIP-Kurztitelaufnahme der Deutschen Bibliothek

Kaiser, Josef H.:
Kneippkur – richtig durchgeführt / Josef H. Kaiser.
München : Ehrenwirth, 1981.
(Kneipp-Beratungsbuch)
ISBN 3-431-02419-X

ISBN 3-431-02419-X

Umschlag: Reinhard Fischer, Gröbenzell
Umschlagfoto: Bavaria-Verlag, Gauting
Gesamtherstellung: Friedrich Pustet, Regensburg
Printed in Germany 1981

Inhalt

Die Grundformen der Kneippschen Wasseranwendungen im einzelnen

Vorwort

Die moderne Kneippkur hat in den letzten Jahren eine weltweite Bedeutung erlangt. Außer den ca. 60 Kneipp-Heilbädern und Kurorten in der Bundesrepublik und vielen Tausenden von Kneippeinrichtungen aller Art gibt es auch im Ausland, besonders in Österreich und in der Schweiz, eine Reihe von beachtlichen Kurorten und Kneippeinrichtungen.

Millionen von Menschen haben den Segen der Kneippkur erfahren. Die Kneipp-Bewegung ist die größte Volksgesundheitsbewegung auf freiwilliger Basis in der Welt.

Wie kam es zu dieser Entwicklung und was bedeutet sie?

Ist sie nur eine Modeströmung? Oder was steckt dahinter?

Die Aufgabe dieses Buches ist es, darauf eine Antwort zu geben. Es gilt, die Hintergründe dieser ungewöhnlichen Entwicklung aufzuzeigen, die mit dem Namen Sebastian Kneipp verbunden ist. Es gilt darzustellen, daß es sich um einen erfolgreichen Versuch handelt, die gesundheitliche Not des modernen Menschen zu überwinden. Denn trotz aller unbestreitbaren Fortschritte auf Teilbereichen der modernen Medizin steht es um die allgemeine Gesundheit, Leistungsfähigkeit und um das Lebensglück des Menschen unserer Zeit nicht besonders gut. Krankheiten, Leid und Tod sind im Grunde unbesiegt geblieben.

Vor über 100 Jahren zeigte Sebastian Kneipp mit seiner Lehre vom gesunden Leben und naturgemäßen Heilen bereits einen Weg. Seine Lehre – unverfälscht, sinngemäß erweitert und vertieft, wissenschaftlich untermauert und zeitgemäß interpretiert – liegt dieser ungewöhnlichen Entwicklung zugrunde.

Um diese Lehre geht es auch in der Kneippkur, wenn sie erfolgreich durchgeführt werden soll.

Schon Sanitätsrat Dr. med. Kleinschrod, einer der wissenschaftlichen Begründer der Kneippkur, führte zu Kneipps Lebenszeit aus:

> »Kneipp ist Wasserkur und Lehre. Wer in einen Kneippkurort geht, nur um eine Wasserkur zu gebrauchen – und das tun viele Kurgäste –, und vielleicht ohne Erfolg enttäuscht nach Hause geht, möge sich doch stets die Frage vorlegen, ob er sich nicht selbst den Mißerfolg zuzuschreiben hat, weil er wohl die Wasserkur, nicht aber die Kneippkur gebraucht, d. h. nicht nach den Lehren Kneipps gelebt hat.«

Um eine Kneippkur richtig, d. h. erfolgreich durchführen zu können, wird die Lehre Sebastian Kneipps vom gesunden Leben und naturgemäßen Heilen als Basis für die richtige Anwendung und Auswirkung in der Kur und auch im Alltagsleben nach den 50jährigen Erfahrungen des Autors dargestellt.

Der Schwerpunkt dieses Buches liegt auf der ausführlichen Darstellung des Kneippschen Wasserheilverfahrens, obwohl Sebastian Kneipp zu keiner Zeit nur Hydrotherapeut war.

Das Wasserheilverfahren bietet aber besonders zahlreiche Möglichkeiten auch außerhalb der Kur zur Gesunderhaltung oder Wiederherstellung der Gesundheit.

Die anderen Fundamente der modernen Kneippkur, die aktive und passive Bewegung, die naturgemäße Ernährung, die Pflanzenheilkunde und die Lebensordnung in der Kur und Nachkur, werden zwar kürzer dargestellt, bieten aber Anregungen und Hinweise genug, sich auch mit ihnen vertraut zu machen.

Dieses kleine Buch soll für den alten Kneippianer und auch für den Neuling das Wesentliche zum Verständnis der Kur und der vernünftigen Lebensweise nach der Kur herausstellen. Es hilft, Kneipps testamentarische Forderung zu erfüllen, daß die von ihm ausgehende »Kur« möglichst vielen Menschen zum Segen und Nutzen für die Gesundheit werden möge. Das ist auch der Wunsch des Verfassers.

Bad Wörishofen/Boppard a. Rhein, Juli 1981

Sanitätsrat Dr. med. Josef H. Kaiser

Teil I

Von der originalen Kneippkur zur modernen Kneipp-Physiotherapie

1. Sebastian Kneipp und seine Gesundheitslehre

Sebastian Kneipp wurde am 17. Mai 1821 in Stephansried im bayerischen Allgäu als Sohn armer Webersleute geboren. Nach unsagbaren Härten und Entbehrungen trat er mit 23 Jahren in das Gymnasium zu Dillingen ein. Dort erkrankte er 1847 an einer schweren Lungentuberkulose. Als er dieser zu erliegen drohte, fiel ihm das Büchlein eines Schweidnitzer Arztes, Dr. med. Johann Sigmund Hahn, das bereits 1737 erschienen war, in die Hände. Sein Titel lautete: »Die wunderbare Heilkraft des frischen Wassers bei dessen innerlichem und äußerlichem Gebrauch auf die Leiber der Menschen.« Durch dieses Büchlein angeregt, erprobte Kneipp an sich diese »Kraft des Wassers« mit dem Erfolg, daß es ihm nach und nach besser ging und er gesundete. Er führte sein Studium zu Ende, wurde 1852 zum Priester geweiht und kam 1855 nach Wörishofen an das Dominikanerinnen-Kloster als Beichtvater. 1880 wurde er Pfarrer in Wörishofen, wo er am 17. Juni 1897 an einem Blasenkrebs verstarb.

Entscheidend für die Entstehung der Kneippkur war Kneipps persönliches Erlebnis großer Krankheitsnot, die hoffnungslos fortschreitende schwere Lungentuberkulose und ihre Heilung durch die Wasserkur nach dem Büchlein von Dr. med. Johann Sigmund Hahn. »Mich hat nicht der Beruf oder die Vorliebe für das Medizinieren dazu gebracht, die heilsamen Wirkungen des Wassers zu erproben, sondern die bittere Not. Not lehrt beten und seinen Verstand zu gebrauchen! Nach dem Urteile zweier vorzüglicher Ärzte war ich im Jahr 1847 am Rande des Grabes; beide hielten mich für verloren; durch die Hilfe des Wassers allein lebe ich heute noch und bin munter und guter Dinge.« (Vorwort zu: »So sollt ihr leben« 1889).

Die Bewältigung des eigenen Krankheitserlebnisses, die sozialen und hygienischen Zustände in seiner Umgebung und das Gefühl der Verantwortlichkeit für die ihm anvertrauten Menschen sowie die auf tiefer Religiosität beruhende sittliche Verpflichtung zur Hilfe machten Kneipp zum Krankheitsbehandler und Volksgesundheitslehrer, eigentlich entgegen seiner persönlichen Neigung. Er wollte, entsprechend seiner inneren Berufung, nur Priester und Seelsorger sein. Aber immer wieder, wenn kranke Menschen seinen Rat suchten, empfahl er ihnen die am eigenen Leibe so gut bewährten Wasseranwendungen, die er fortlaufend modifizierte und weiterentwickelte. Aber Sebastian Kneipp blieb nicht bei der Hydrotherapie stehen.

Auch die anderen natürlichen Lebensreize wie Luft, Licht, Bewegung und Ruhe und eine sinnvolle Ernährung sowie besonders die seelischen Faktoren baute Kneipp immer mehr in seinen Behandlungsplan und in seine Gesundheitslehre ein. Er selbst vollzog damit den Schritt vom Wasserheilverfahren zu einem umfassenden Naturheilverfahren. Kneippkur war niemals nur Wasserkur, erst recht nicht nur Kaltwasserkur.

Kneipp sah zwar zuerst seine Aufgabe darin zu helfen, Krankheitsnot aller Art zu überwinden. Die Auseinandersetzung mit den Hintergründen dieser Krankheitsnot führten ihn auch konsequenterweise dazu, eine systematische Gesundheitsvorsorge aufzubauen, die dem notleidenden Menschen eine echte Lebenshilfe werden sollte. So schrieb er, nachdem er 1886 durch sein erfolgreichstes Buch »Meine Wasserkur« die Welt hatte aufhorchen lassen, 1889 sein zweites weltberühmtes Buch, das in mehreren hunderttausend Exemplaren bis heute verbreitet wurde und wird: »So sollt ihr leben.«

Sein Programm von der notwendigen Abhärtung, der größeren Tragfähigkeit von Leib und Seele, der besseren Anpassungsfähigkeit, seine Forderungen nach der möglichst weitgehenden Wiederherstellung der natürlichen Lebensordnung sollten dem modernen Menschen den Weg zeigen, alle in ihm steckenden Kräfte, trotz oder sogar mit der Technik und der Zivilisation, seinem Leben dienstbar zu machen. Alle seine Ratschläge und seine Anwendungen haben nur ein Ziel: optimale Gesundheit und Leistungsfähigkeit. Kneipp betonte immer wieder, daß es eine sittliche Verpflichtung zur Erhaltung oder Wiedergewinnung der Gesundheit gebe. Jeder Mensch müsse im leiblich-seelischen Bereich alles Positive in sich entwickeln, soweit es möglich sei. Das gelte auch von der Gesundheit. Um die Gesundheit müsse man stets kämpfen und ringen. Sie sei wandelbar, sowohl nach der negativen als auch nach der positiven Seite. Gesundheit sei steigerungsfähig, Gesundheit sei mehr als Freisein von Krankheit und Gebrechen. Sie sei optimale Harmonie aller leiblich-geistig-seelischen Funktionen. Gesund sei nur derjenige, der es gelernt habe, mit sich, der Umwelt und dem Herrgott fertig zu werden. Oder etwas anders ausgedrückt: Gesund sei derjenige, der mit allem fertig wird, der sich in allen Bereichen anpassen, d. h. einordnen kann.

Wenn man den Gesundheitsbegriff so faßt, dann kann auch ein Mensch mit einem inneren Schaden (z. B. Herzklappenfehler, mit einer Narbe im Herzmuskel nach dem Herzinfarkt, nach einer Magenresektion u. a.) oder ein Mensch mit einem äußeren Defekt (z. B. nach einer Bein- oder Armamputation u. a.) noch gesund leben, wenn er in der Lage ist, mit diesem Schaden, mit diesem Defekt, sein Dasein noch zu meistern, wenn es ihm gelingt, das gestörte gesundheitliche Gleichgewicht weitestgehend auszubalancieren.

Mit dieser Auffassung legte Sebastian Kneipp die Grundlage zur aktiven Gesundheitspflege und Rehabilitation. Er entwickelte aus all diesen Gedankengängen systematisch eine eigene Lehre vom gesunden Leben und naturgemäßen Heilen. Mit dieser Lehre und seiner Behandlung fußte Kneipp auf der Naturheilkunde, der ältesten Form der Heilkunde überhaupt.

In der langen Kette der Künder von der Heilkraft der Natur war Sebastian Kneipp nach Hippokrates, Paracelsus, Prießnitz und vielen anderen ein Höhepunkt. Aus seiner religiösen Haltung, in der Natur des Menschen die Schöpfung und das Wirken Gottes zu sehen, gab er der Naturheilkunde eine eigene Prägung, indem er die bislang vernachlässigte Vorrangigkeit des Geistig-Seelischen besonders betonte.

2. Was heißt Naturheilkunde?

Prof. Max Neubauer sagt hierzu: »Das Problem der Heilkraft der Natur ist ein großes, vielleicht das größte von allen, die den Arzt seit Jahrtausenden beschäftigen. Ja, man könnte es geradezu als das Problem der Medizin bezeichnen, da von seiner Lösung die Daseinsberechtigung, die Ziele und Grenzen der Heilkunst bestimmt werden.« Ohne die Heilkraft der Natur gibt es überhaupt keine wirkliche Heilung. Jede Behandlungsmaßnahme, selbst die technisch vollkommenste Operation, das sicher wirkende Antibioticum oder ein anderes Arzneimittel, jede Schutzimpfung, ist im Endeffekt wirkungslos ohne die Mitwirkung der Heilkraft der Natur.

Auf den Grundlagen der Naturheilkunde baute Sebastian Kneipp seine Lehre und Methode auf. Er sah in der Naturheilkunde eine Reiz- und Reaktionsbehandlung. Er beobachtete, wie seine Patienten auf seine Maßnahmen reagierten, und entwickelte daraus eine Reaktions- und Leistungsdiagnose und aus dieser eine wirklich echte Ganzheitsbehandlung. Immer wieder kam es ihm darauf an, den ganzen Menschen zu erfassen und ihn als Leib-Seele-Einheit anzusprechen und seine »lebendigen Kräfte«, das Regulationsvermögen einzuschalten. Es gelang ihm oft in Fällen, wo eine spezialisierte Behandlung nicht erfolgreich war, durch Allgemeinmaßnahmen über den Kreislauf, insbesondere über die Regler- oder Steuerungssysteme, über das Zentralnervensystem, über das vegetative Nervensystem sowie über die innersekretorischen Drüsen noch nennenswerte Besserungen zu erzielen.

Das Grundprinzip seiner Maßnahmen war das Training aller Funktionen des Organismus. Er ging von der Regel aus, daß alles Lebendige nur durch Training, nicht durch Schonung erstarkt. Dabei kann natürlich ein Verschonen von Fehlbelastungen notwendig werden. Der stufenweise Aufbau seiner Anwendungsformen erfolgte stets unter Berücksichtigung dieses Trainingsprinzips. Er betonte vor allem, wie notwendig die Erhöhung der Widerstandskraft und die weitgehende Wiederherstellung einer natürlichen Lebensordnung ist, wenn der Mensch gesund werden oder bleiben soll.

Die *Abhärtung* war ein wesentliches Ziel seiner Bestrebungen. Dabei wollte Kneipp unter dem Begriff der Abhärtung mehr erfassen als nur die Überwindung der Anfälligkeit gegen Witterungseinflüsse und gegen Erkältungen. Es ging ihm um eine totale Umstimmung im körperlichen und geistig-seelischen Bereich. Er propagierte eine größere Tragfähigkeit, ein besseres Angepaßtsein an das ganze Leben.

Die Physiotherapie

Die weiteren Entwicklungen in der Naturheilkunde und auch in der Kneippkur zwangen zu einer Abgrenzung und Einordnung unter einen internationalen Oberbegriff, der sich in den letzten Jahrzehnten immer mehr verbreitete: Physiotherapie.

Im deutschen Sprachbereich wurde schon von 1850 ab von dem Münchener Arzt Gleich der Begriff Naturheilverfahren und Physiotherapie eingeführt.

Auch der Kneippärztebund, der Verwalter des geistigen Erbes von Sebastian Kneipp, führte diesen Begriff vor etwa 30 Jahren in seine Verbandsbezeichnung ein: »Ärztliche Gesellschaft für Physiotherapie.«

Von den verschiedenen Deutungen dieses Begriffes Physiotherapie wählte der Kneippärztebund den umfassendsten, das Wesen der Kneippschen Lehre und Methode treffendsten Begriff, der sich vom Worte selbst ableiten läßt. Er ist heute für die gesamte Kneipp-Bewegung verbindlich.

Unter Physiotherapie wollen wir die Therapie (Behandlung) über die Physis (Natur) so verstehen, wie es die Vorsokratiker (etwa 600 Jahre v. Chr.) verstanden wissen wollten, auf die dieser Begriff zurückgeführt werden muß. Dabei heißt aber Physis die Natur als Inbegriff alles Seienden, des körperlichen und auch des geistig-seelischen. Beide Bereiche werden also mit dem Wort »Natur« angesprochen. Darum erfaßt Physiotherapie immer den leiblichen und geistig-seelischen Anteil im Sinne einer untrennbaren Einheit.

Somit ist Physiotherapie zuerst eine unspezifische, komplexe individuelle Allgemeinbehandlung des ganzheitlichen Menschen, auch wenn eine spezifische Lokalbehandlung im Vordergrund zu stehen scheint. Das gemeinsame Wirkprinzip der Physiotherapie ist die Auslösung von Regenerations-, Regulations- und Ausgleichsmechanismen durch physikalische, diätetische, spezielle arzneiliche und seelische Behandlungsformen. Regenerations-, Regulations- und Ausgleichsmechanismen gehören aber zu den charakteristischen Lebensäußerungen, ohne die ein gesundes Leben nicht möglich ist.

3. Die fünf Fundamente der Kneipp-Heillehre

Ihrem Ursprung und ihrer Entwicklung nach ist somit auch die moderne Kneippbehandlung eine auf fünf Behandlungsfundamente begrenzte Physiotherapie. Mit dieser bewußten Begrenzung sollen aber Weiterentwicklungen oder notwendige andersartige Behandlungsformen nicht ausgeschlossen werden, soweit sie nicht dem Wesen der Physiotherapie widersprechen.

- **Hydro- und Balneotherapie**

Unter der Hydro- (Wasserheilverfahren) und Balneotherapie (Bäderbehandlung) versteht man eine hochentwickelte spezielle Behandlungsform im Sinne eines feindifferenzierten, individuell abstufbaren, der Konstitution und Disposition angepaßten Wasserheilverfahrens, bei dem das Wasser in flüssiger, gasförmiger und wäßrig-breiiger Form als Träger von thermischen (Temperatur), chemischen und mechanischen sowie von hydroelektrischen Reizen den Organismus zu sinnvollen Reaktionen veranlassen soll, die insgesamt zu positiven Regulationen führen.

- **Bewegungstherapie**

Darunter ist die Behandlung mit Bewegungsreizen aktiver und passiver Art zu verstehen: allgemeine Gymnastik, Krankengymnastik, Wandern, Terrainkuren, Sport, Radfahren, Schwimmen, Bewegungsbäder usw. sowie auch Massagen verschiedener Art. Sie soll dem krankmachenden Bewegungsmangel des modernen Menschen entgegenwirken.

- **Ernährungstherapie**

Diese Therapieform besteht in einer ausgewogenen Ernährungsbehandlung im Sinne einer naturgerechten Vollwert- oder Basiskost, die ohne Einseitigkeit die Grundform für spezielle Ernährungsformen (Krankendiät, Reduktionskost, Schonkost u. a.) ist.

- **Phytotherapie**

Darunter versteht man eine sorgfältig gestaltete Behandlung mit überprüften Heilmitteln auf pflanzlicher Basis als Grundlage für eine moderne Arzneitherapie.

- **Ordnungstherapie**

Das Kneippsche Lebensordnungsprinzip berücksichtigt in der Vorgeschichte und Behandlung die leib-seelischen Zusammenhänge und versucht, im leib-seelischen Bereich eine natürliche Lebensordnung wiederherzustellen, um zu optimaler Gesundheit, Leistungsfähigkeit und Lebensfreude zu gelangen.

4. Die Anwendungsmöglichkeiten der Kneipp-Physiotherapie

Die Kneipp-Physiotherapie ist – ohne Anspruch auf Ausschließlichkeit – einsetzbar

- als aktive Gesundheitspflege in der Vorbeugung (Praevention) und in der Nachbehandlung von Krankheiten. Aktive Gesundheitspflege will mit allen natürlichen Lebensreizen alle eigenen Funktionen des Organismus mobilisieren und durch geeignetes Training zur bestmöglichen Leistung bringen oder durch Üben das bisher Erreichte erhalten. Sie wendet sich an den einzelnen Menschen, motiviert seinen Gesundheitswillen und fordert von ihm persönliche Mitverantwortung für seine Gesundheit, vermittelt ihm das nötige Wissen und zeigt die Möglichkeiten und Wege, seine Kräfte zu wecken, zu trainieren oder zu üben und zu erhalten. Sie schließt die Gesundheitsbildung und Persönlichkeitsentfaltung mit ein. Diese sind von jeher, man denke an Kneipps Imperativ: »So sollt ihr leben!«, unabdingbare Bestandteile der Kneippkur gewesen und haben heute größere Bedeutung als je zuvor. Die besonders von verschiedenen Kostenträgern der zur Kur entsandten Patienten zu Recht geforderte Gesundheitsbildung ist eine wesentliche Aufgabe, aber nicht die Hauptaufgabe eines Kurortes.

• als umfassende medizinische Rehabilitation. Darunter wollen wir das systematische Bemühen verstehen, einen Versehrten, d. h. einen Menschen, der auf Zeit oder dauernd mit einem gesundheitlichen Defekt belastet ist, wieder in das volle Leben einzugliedern, soweit das möglich ist. Schäden bzw. Defekte, die nicht behebbar sind, sollen weitgehend ausgeglichen werden. Es ist ja das Ziel der Physiotherapie, Regulations- und Ausgleichsmechanismen anzuregen. Die Rehabilitation stützt sich darum auch vorwiegend auf die fünf Fundamente der Kneipptherapie, die die Regulations- und Ausgleichsmechanismen anregen, und setzt das weitgehende Mitwirken des Rehabilitanten voraus. Stets geht es auch hierbei um den ganzen Menschen, nicht nur um die Wiederherstellung der Arbeitsfähigkeit oder um einen finanziellen Nutzeffekt – ein Aspekt, der in manchen Diktaturen vorherrschend ist.

• als spezielle Therapie im Sinne einer Ganzheitsbehandlung, bei der immer der ganze Mensch als Leib-Seele-Einheit im Vordergrund steht. Sie ist eine individuelle, unspezifische, komplexe Allgemeinbehandlung, ohne eine notwendige, organbezogene Lokalbehandlung zu vernachlässigen.

Die Kneipp-Physiotherapie ist nur dann erfolgreich – gleichgültig, ob sie als Gesamtbehandlung, als Kur- oder als ergänzende Behandlung eingesetzt wird –, wenn sie die folgenden Grundprinzipien, die auch für die erfolgreiche gesamte Physiotherapie Voraussetzung sind, beachtet. Diese sind:

• Die Berücksichtigung körpereigener Reaktionsmechanismen, d. h. systematische Einwirkung auf die Reglersysteme Zentralnervensystem (ZNS), vegetatives Nervensystem (VNS) und innersekretorisches Drüsensystem (Inkretorium) sowie Betonung und Berücksichtigung seelischer Faktoren bzw. leib-seelischer Zusammenhänge, d. h. also echte Ganzheitsbehandlung. Zu einer erfolgreichen Physiotherapie gehören optimale Kenntnisse von den Regulations- und Ausgleichsmechanismen sowie von der Reaktionsweise des Organismus. Reaktions- und Bedeutungsdiagnose gehen der Behandlung ebenso voraus wie die klinische Diagnose und können oft teure diagnostische Apparaturen ersetzen.

- Das aktive Element, d. h. das Training aller Funktionen, steht auch im Vordergrund der Therapie. Das Training aller Grundfunktionen mit adäquaten Reizen, das sind die natürlichen Lebensreize und gleichzeitig die Inhalte der Physiotherapie, bedeutet Steigerung der gesamten Leistungsfähigkeit des Organismus. Das führt über die Regulations- und Ausgleichsmechanismen zur Überwindung der Krankheit und darüber hinaus auch zur Abhärtung, d. h. zur besseren Anpassung und Belastbarkeit. Somit dient die Physiotherapie über die Krankheitsbehandlung hinaus auch der Erhaltung und Steigerung der wiedererlangten Gesundheit. Die aktive Mitwirkung des Patienten ist eine weitgehende Voraussetzung.

5. Die Grenzen der Kneipp-Physiotherapie

Die Kneipp-Physiotherapie wird begrenzt

1. In der Materie.

Wenn keine ausreichenden Regulationen vorhanden sind, d. h. eine Starre oder Erschöpfung der Reglersysteme vorliegt, diese auf natürliche Reize nicht mehr ansprechen, ist ein Erfolg nicht oder nur durch gleichzeitigen Einsatz anderer Behandlungsmethoden, z. B. arzneiliche, operative oder seelische, möglich. Gleiches gilt auch bei hochgradigem Kreislaufversagen und Mangelzuständen, z. B. von Vitaminen und Hormonen, die zugeführt werden müssen. Starke Schmerzen, Narkose, lokalmechanisch entstandene Störungen wie Knochenbrüche, Geburtshindernisse, komprimierende oder bösartige Geschwülste wird man sicher nicht von vornherein mit der Physiotherapie nach Kneipp angehen wollen. Im Rahmen der speziellen Kneippkur ergeben sich noch weitere Begrenzungen, die aus den jeweiligen Indikationsverzeichnissen der verschiedenen Kneippheilbäder und -kurorte entnommen werden können.

2. Durch sachliche und personelle Voraussetzungen.

Zu den sachlichen Voraussetzungen gehören technisch-apparative Einrichtungen, Raum und andere Umstände, die eine optimale Durchführung physiotherapeutischer Maßnahmen erlauben. Auf diese soll im einzelnen nicht eingegangen werden.

Entscheidend für eine optimale Physiotherapie sind die personellen Voraussetzungen. Jeder, der Physiotherapie betreiben will, muß ein notwendiges Wissen und Können auf diesem Gebiet besitzen. Es ist aber unbestreitbar, daß hier noch starke Mängel herrschen.

»Der Arzt muß neben einem Wissen um die wissenschaftlichen Grundlagen Indikationen und Kontraindikationen ebenso kennen wie die Technik der Anwendung und die benötigten Apparate. Mit der sachgemäßen Durchführung der Behandlung hat die kritische Beurteilung der Wirkung und des Erfolges Hand in Hand zu gehen. Nur so wird es möglich sein, diese Therapieform als Bestandteil ärztlichen Behandelns zu erhalten, zu fördern und sie deutlich vom Tun eines Kurpfuschers abzugrenzen« (nach Langendörfer). Der Arzt muß in der Lage sein, eine entsprechende vollständige Verordnung zu geben, die auch vom Hilfspersonal verstanden werden kann. Er darf es nicht dem Hilfspersonal überlassen, aus seinen unvollständigen Verordnungen – z. B. sechs Kneippanwendungen, Bindegewebsmassage am rechten Oberarm oder Elektrobehandlung bei Hexenschuß und vieles andere mehr – das zu machen, was dem Personal gerade gefällt. Er muß auch in der Lage sein, die Ausführungen seiner Verordnungen direkt oder indirekt zu überprüfen und eventuelle Mißstände abzustellen und notwendige Änderungen sachgemäß anzugeben. Ist er dazu nicht in der Lage, disqualifiziert er nicht nur das Verfahren, sondern auch sich selbst. Auch zur Physiotherapie gehört die gleiche Gründlichkeit und Gewissenhaftigkeit wie zu jeder anderen ärztlichen Therapie.

Zu den personellen Voraussetzungen gehören auch das rechte Verhalten und die gute Ausübung der Tätigkeit von Seiten des Badepersonals.

Der Bademeister und die Bademeisterin sollten nicht vergessen, wie stark in jedem Beruf und in jeder Situation die gewollte oder ungewollte Wirkung der Suggestion ist.

Ein freundliches, aufmunterndes Wort und eine ständige Hilfsbereitschaft können auch bei unangenehmen Anwendungen Wunder wirken. Umgekehrt können ein schroffes, selbstherrliches Wesen, ein Überschütten des Patienten mit persönlichen Sorgen, Ärger und Mißgeschick, das Jammern über die bösen Kollegen oder den Arbeitgeber oder den Arzt eine vergiftete Atmosphäre schaffen.

Kriminell ist die leichtsinnige Verletzung des Berufsgeheimnisses, das das Badepersonal wie den Arzt verpflichtet, alles Geheimniswertes, was ihm in Ausübung des Berufes anvertraut wurde, bei sich zu behalten.

Auch die persönliche Lebensweise des Badepersonals ist nicht ohne Einfluß auf den Patienten. Ein ungepflegtes Äußeres, eine Fahne von Alkohol und Nikotin, eine offenkundige Freß- und Saufsucht, ein Schürzenjägertum und andere Fehlhaltungen dienen sicher nicht dem notwendigen Vertrauensverhältnis zwischen Bademeister(in) und Patienten.

Eine selbstverständliche, aber nicht immer vorhandene Voraussetzung für die berechtigte Ausübung des Berufes ist auch gediegenes Wissen und Können. Der/die Bademeister(in) sollte beachten, daß jedes Besserwissenwollen und jede Überheblichkeit, nach dem Motto: »Ich und der Herr Professor«, keine persönliche Qualitätsempfehlung darstellen. Viele Patienten verlieren dann bald jedes Vertrauen und nehmen ihn nicht mehr ernst.

Jede willkürliche Abänderung von ärztlich verordneten Anwendungen – auch wenn sie auf Wunsch des Patienten geschehen – sind gefährlich und u. U. strafbar.

Man vergesse nicht: Auch der Bademeister und die Bademeisterin zählen zu den nichtärztlichen Heilberufen, und für sie gelten alle diesbezüglichen Gesetze und Vorschriften. Das erste Gesetz lautet: Niemals schaden! Das zweite: Dienen geht immer vor Verdienen!

Wenn das vom Badepersonal beachtet wird, dient es nicht nur dem persönlichen Ansehen, sondern auch dem Ansehen eines sehr alten Berufsstandes.

3. Durch das Verhalten der Patienten.

Eine weitere Begrenzung der Kneipp-Physiotherapie ist gegeben durch das Verhalten des Patienten. Hier geht es im wesentlichen um eine Durchführung der Ordnungstherapie, d. h. die Herstellung oder Wiederherstellung der natürlichen Lebensordnung im körperlichen und geistig-seelischen Bereich. Wer nicht gewillt oder wirklich nicht in der Lage ist, die Unordnung in seinem Leben zu beseitigen oder wenigstens Mißbräuche einzuschränken oder auf gefährlichen Luxus zu verzichten oder notwendige und mögliche Ausgleiche zu schaffen, dem kann auch die beste Physiotherapie nur wenig oder gar nicht helfen.

Schon Sanitätsrat Dr. med. Kleinschrod, einer der ärztlichen Mitarbeiter Kneipps und der eifrige wissenschaftliche Verfechter seiner Lehre, führt in seinem Buch: »Sebastian Kneipps Lehre« u. a. folgendes aus: »Kneipp hat auch eine Lehre. Aus ihr spricht unmittelbar der große Geist dieses seltenen Mannes, der wirkliche Kneipp. Aus seiner Lehre heraus lernen wir Kneipp erst vollständig begreifen, die Wasserheilkunde allein genügt dazu nicht.

Kneipp ist Wasserkur und Lehre. Wer in einen Kneippkurort geht, nur um eine Wasserkur zu gebrauchen – und das tun viele Kurgäste – und vielleicht ohne Erfolg enttäuscht nach Hause geht, möge sich doch stets die Frage vorlegen, ob er sich nicht selbst den Mißerfolg zuzuschreiben hat, weil er wohl die Wasserkur, nicht aber die Kneippkur gebraucht, d. h. nicht nach den Lehren Kneipps gelebt hat.«

Die allgemeine Passivität des modernen Menschen ist ein starkes Hindernis für eine erfolgreiche Physiotherapie. Von einer aktiven Mitarbeit an seiner Gesundung, von gesundheitsgerechtem Verhalten besonders in punkto Ernährung und Bewegung, von der Gefährdung durch übertriebenen Luxus sowie vom Abstellen von Mißbräuchen mag er in der Regel nichts wissen. Es fällt ihm schwer einzusehen, daß viele seiner Beschwerden verhaltensabhängig sind und nicht durch Medikamente, sondern nur durch ein gesundheitsgerechtes Verhalten überwunden werden können. Es ist oft schwer, ihn zur Unterlassung der Einnahme vieler, völlig überflüssiger Medikamente zu veranlassen. Gewiß darf man nicht übersehen, daß man manchen sektiererhaft naturheilerisch eingestellten Patienten auch zur notwendigen medikamentösen Behandlung erziehen muß.

Die moderne Kneippkur im engeren Sinne ist die in 100 Jahren entwickelte systematisch kurgemäß angewandte Hochform der speziellen Physiotherapie nach Kneipp. Sie ist also nicht in irgendein Kursystem eingebaut, sondern eine absolut eigenständige Kurform. Bei dieser steht, wie in der allgemeinen Physiotherapie, primär die komplexe, individuell abgestufte, ganzheitliche Allgemeinbehandlung im Vordergrund, ohne daß organbezogene Störungen vernachlässigt werden.

Die spezielle Kneippkur setzt zwar ein klar umrissenes vollkommenes Kurmilieu voraus, ist aber sonst unabhängig von ortsgebundenen Heilfaktoren (Moor, Mineralquellen u. a.), bei denen das jeweilige ortsgebundene Heilmittel primär die zu diesem passenden Krankheitsbereiche bestimmt, und wo nur sekundär physiotherapeutische Maßnahmen zur Ergänzung herangezogen werden können.

6. Die Grundprinzipien der Kneipp-Physiotherapie

Auch wenn die Kneipp-Physiotherapie als spezielle Kur erfolgreich eingesetzt werden soll, muß sie immer bestimmte Grundprinzipien beachten. Diese sollen nochmals besonders hervorgehoben werden:

1. Individuelle Berücksichtigung der körpereigenen Regulationsmechanismen, d. h. systematische Einwirkung, möglichst harmonischer Einsatz aller Grundelemente der Physiotherapie – nicht nur eines – auf die Reglersysteme: Zentralnervensystem, vegetatives Nervensystem und Inkretorium. Ständige Berücksichtigung leib-seelischer Zusammenhänge, d. h. also immer echte Ganzheitsbehandlung.
2. Das Training oder das Üben aller körperlich-geistig-seelischer Funktionen steht im Vordergrunde.
3. Die rechte Einstellung zur Kur und weitgehende aktive Mitarbeit des Patienten ist erforderlich.
4. Notwendig ist das Vermeiden von ständigen Gesprächen über Krankheiten und das Abweisen von nicht ärztlichen Ratschlägen zu oft mysteriösen Nebenbehandlungen. Beides dient nicht dem persönlichen Kurerfolg.
5. Ausschaltung schädigender Faktoren aus der bisherigen Lebensführung, soweit das möglich ist.
6. Fortführung der Kurbehandlung durch Umwandlung in eine entsprechende, individuell abgestufte und praktikable vernünftige Lebensweise. Die Kur wirkt dann über die Kur hinaus.

7. Heilanzeigen für Kneippkuren

Sie gelten grundsätzlich für alle Kneipp-Heilbäder und Kneipp-Kurorte. Sie erfahren aber im einzelnen oft wesentliche Einschränkungen durch Fehlen von sachlichen oder personellen Voraussetzungen wie: ungünstiges Klima, schroffe Höhenunterschiede, Fehlen von entsprechenden Einrichtungen (Spezialsanatorien, Kurkliniken o. ä.), Fehlen von entsprechenden Fachärzten und Fachpersonal.

Von Behandlung, Prävention und Rehabilitation können grundsätzlich erfaßt werden:

1. Herz- und Gefäßerkrankungen funktioneller und nicht entzündlicher organischer Natur mit Ausnahme stärkerer Ruhe-Dekompensationserscheinungen, Herzinfarktnachbehandlung ab 2. bis 3. Monat nach Klinikentlassung, Blutdruckanomalien, Arteriosklerosen, Venenerkrankung und postthrombotische Zustände.
2. Vegetativ-nervale Funktionsstörungen: psycho-vegetative Syndrome und psychosomatische Versagenszustände, Erlebnisreaktionen und neurotische Fehlhaltungen. Folgezustände nach Schädel-Hirn-Verletzungen und periphere Nervenerkrankungen.
3. Organische und funktionelle Störungen und Restinsuffizienzen der Verdauungsorgane (Magen, Darm, Leber und Gallenblase, insbesondere chronische Obstipation).
4. Erkrankungen des Bewegungsapparates (insbesondere nichtentzündlicher Gelenk- und Muskelrheumatismus, Arthrosen und Wirbelsyndrome).
5. Postoperative Zustände aus dem Bereich der Chirurgie, Orthopädie, Gynäkologie usw.
6. Endokrine Insuffizienzen und hormonale Störungen bei Mann und Frau. Unterstützende Behandlung bei Stoffwechselleiden (Diabetes mellitus und Fettsucht).
7. Abhärtung und allgemeine Leistungssteigerung, Regenerations- und Vorsorgekuren bei Erkältungsanfälligkeit, vorzeitigen Verbrauchs- und Alterserscheinungen.

Kontraindikationen sind praktisch alle Zustände, die eine besondere Klinik-, Krankenhaus- oder irgendwelche Isolierbehandlung notwendig machen oder bei denen keine körpereigenen Regulationen ausgelöst werden können. Ungeeignet sind auch echte Psychosen und reine Pflegefälle.

Entnommen aus: »Die moderne Kneippkur. Ein Ratgeber für den Arzt.« (Hrsg.): Ärztliche Gesellschaft für Physiotherapie – Kneippärztebund e. V./Kneipp-Bund e. V., Bundesverband für Gesundheitsförderung/Arbeitsgemeinschaft Deutscher Kneipp-Heilbäder und Kneipp-Kurorte (»ARGE KNEIPP«).

Teil II

Die moderne Kneippbehandlung

1. Die Kneippsche Wasserkur

Dieses Buch ist kein Ersatz für ein umfassendes Lehrbuch. Es sollen daher nur die zum Verständnis notwendigen theoretischen Grundlagen und Anregungen für die Durchführung der Anwendungen gebracht werden.

a) Wasser und seine Eigenschaften

Das Wasser ist in der Kneippschen Wasserkur Träger von physikalischen und chemischen Reizen. Unter die physikalischen Eigenschaften fallen die thermischen (Temperatur) und die mechanischen. Die elektrischen Eigenschaften spielen in der Kneippkur keine wesentliche Rolle.

Wasser als Temperaturträger

Die Temperatur bezieht sich in der Wasserheilkunde auf die durchschnittliche Hauttemperatur, also nicht auf die Körper- oder Kerntemperatur. Diese Hauttemperatur beträgt etwa 33° bis 35 °C. Werte unterhalb der Hauttemperatur bezeichnen wir als kalt oder temperiert, Werte oberhalb als warm oder heiß.

Wasser ist ein guter Wärmeleiter, d. h., es leitet Wärme rasch an die Haut hin bzw. von ihr weg. Die Richtung der Wärmeleitung geht immer von höherer zu niederer Temperatur.

Die Abgabe der Wärme von der Haut an das Wasser ist wesentlich größer als an die Luft. Luft ist ein schlechter Wärmeleiter, ebenso die Erde und das Holz. Metall dagegen ist ein noch besserer Wärmeleiter als das Wasser.

Folgerungen: Je geringer der Feuchtigkeitsgehalt der Luft, um so verträglicher sind höhere Temperaturen. Wenn z. B. die Luftfeuchtigkeit in einer Sauna 15% nicht übersteigt, werden Temperaturen von 85 °C gut vertragen, bei noch geringerem Feuchtigkeitsgehalt sogar Temperaturen bis zu 100 °C.

Je feuchter ein Wickeltuch, um so rascher kühlt es aus, wenn es warm oder heiß ist; ist es dagegen kalt, so entzieht es dem Körper mehr Wärme als bei geringerer Feuchtigkeit. Lehm-, Fango-, Moor- u. ä. Packungen werden bei wesentlich höheren Temperaturen vertragen als entsprechende Wasseranwendungen.

In Holz- oder Kunststoffbadewannen kühlt das Wasser weniger rasch aus als in Metallbadewannen. Darum muß man bei warmen Sitzbädern in Zinkbadewannen die Temperatur des Wassers um ca. 3° bis 5 °C höher wählen als in Holz oder Kunststoffwannen (Berücksichtigung des »Abkühlungsfaktors«).

Mechanische Eigenschaften des Wassers

Hierunter fallen:

Der hydrostatische Druck
Darunter versteht man den gleichmäßigen Druck, den das Wasser auf die im Wasser befindlichen Teile ausübt. Dieser Druck führt bei entsprechender Stärke zum Zusammenpressen aller zusammenpreßbaren Gebilde des Körpers, besonders der Blut- und Lymphgefäße, des Bauch- und Brustraumes.

Ein zu starker hydrostatischer Druck kann deshalb bei gefäßlabilen oder herzkranken Menschen oder bei Blähbauch durch das hochgedrängte Zwerchfell unter Umständen eine große Gefahr bedeuten. Da der Druck von der Menge des Wassers abhängt, das den Körper umgibt, verordnet der Arzt in solchen Fällen grundsätzlich nur Teilbäder, z. B. Halb- oder Dreiviertel-Bäder. Die Gefahr eines Kreislaufversagens, eines Kreislaufkollapses, entsteht bei labilen Menschen auch, wenn der hydrostatische Druck plötzlich nachläßt, etwa beim schnellen Heraussteigen aus dem Bade. Das tritt besonders im warmen Bade auf, wo die Wärme die Blutgefäße erweitert, der Druck des Wassers sie aber zusammenpreßt. Bei plötzlichem Nachlassen des Druckes im warmen Bad fließt das Blut dann zu stark in die Peripherie (Haut), und dadurch kommt es eben zum Kreislaufkollaps. Deshalb ist es ratsam, sich vor Verlassen der Wanne erst langsam aufzurichten, das Wasser ablaufen zu lassen und vielleicht im Bad selbst eine kühle bis kalte Teilanwendung zu machen, z. B. sich kaltes Wasser über die Arme laufen zu lassen oder Brust und Rücken kalt abzubrausen oder abzuwaschen.

Andere Formen des Druckes findet man z. B. bei den Kneippschen Blitzgüssen, bei entsprechenden Fächerduschen und anderen Anwendungen, wo ein betont starker Druck mit eingeschaltet wird.

Auftriebskraft
Unter Auftriebskraft des Wassers verstehen wir die Erscheinung, daß jeder Körper im Wasser scheinbar soviel an Gewicht verliert, wie die von ihm verdrängte Wassermenge wiegt (Archimedisches Prinzip). Man hat errechnet (nach Straßburger), daß ein Mensch, der bis an den Hals in

Wasser taucht, noch etwa 7 kg wiegt. Der Auftrieb führt somit zur Herabsetzung des Gewichtes des badenden Körpers. Auf diese Weise werden z. B. bei gelähmten Gliedmaßen trotz der herabgesetzten Muskelkraft noch Bewegungen relativ leicht möglich.

Reibungswiderstand

Unter Reibungswiderstand verstehen wir den Widerstand, den ein im Wasser bewegter Körperteil überwinden muß. Dieser Widerstand ist um so größer, je größer die Angriffsfläche und je schneller die Bewegung selbst ist. Dieser Reibungswiderstand wird ebenfalls in der gymnastischen Behandlung unter Wasser zur Kräftigung des Bewegungsapparates benutzt.

Chemische Eigenschaften des Wassers

Chemische Eigenschaften sind solche, die den Charakter des reinen Quellwassers verändern, wobei wir voraussetzen, daß im Quellwasser und im Leitungswasser von vornherein keine wesentlichen chemischen Bestandteile vorhanden sind. In der Kneippschen Wasserkur sind es vorwiegend Substanzen pflanzlicher Herkunft. Es werden aber auch Kochsalz, Milchsäure, Erde und andere chemisch wirkende Substanzen verwendet. Diese chemischen Zusätze bewirken:

- eine Reizverstärkung
- eine Reizmilderung
- durch Aufgesogenwerden (Resorption) innere Organveränderungen.

Reizverstärkung

Durch die Mehrzahl der Zusätze wird der Hautreiz verstärkt und damit gleichzeitig die Hautreaktion. Diese Hautreaktion tritt bei den reizverstärkenden Zusätzen in der Regel bei niederen Temperaturen ein, ist intensiver und hält länger an. Ein typisches Beispiel ist der Zusatz von Senföl zum Wasser. Schon bei relativ niedrigen Temperaturen rötet sich die Haut sehr stark, und die Rötung hält lange an. Ähnliches gilt auch für die Kohlensäure (CO_2).

Reizmilderung

Es gibt eine Reihe von Zusätzen, die die Temperaturwirkung des Wassers abmildern, d. h. die uns oft erst überhaupt erlauben, warmes oder kaltes Wasser an die Haut heranzubringen. Das gilt ganz besonders dann, wenn die Haut entzündlich verändert ist. Die bekanntesten

Zusätze dieser Art sind: Molke, Kleie, Kamille, Zinnkraut, Eichenrinde u. a. Sie werden bei den Bädern noch besprochen.

Resorption

Ein Teil der in Lösung befindlichen chemischen Substanzen dringt in die Haut ein, kommt durch die Haut oft in das Blut und wirkt vom Blut auf bestimmte Organe oder Organsysteme ein. Über die Haut in den Körper eindringen können nur die lipoidlöslichen, d. h. fettlöslichen Stoffe. Nicht lipoidlösliche Stoffe müssen zuvor in lipoidlösliche umgewandelt werden. Von den Kräuterzusätzen werden im allgemeinen keine Substanzen über die Haut in das Blut aufgenommen, es sei denn, man bringt sie in Substanzen an die Haut, die die Aufsaugung durch die Haut ermöglichen (z. B. einige Syndets[1] oder Detergentien[2], ölige Lösungen u. a.).

b) Die Reizwirkungen des Wassers

Unter dem Reiz verstehen wir jede Veränderung der Innen- und Umwelt, d. h. der äußeren Bedingungen, die den Lebensablauf einzelner Zellen oder des ganzen Organismus beeinflussen können. Diese Veränderungen können durch physikalische Einwirkung, z. B. mechanisch, thermisch oder elektrisch, ebenso aber auch durch physikalisch-chemische hervorgerufen werden. Den Organismus reizen wollen heißt also, seine Umwelt verändern. Die Reizbarkeit ist ein Kennzeichen des Lebens. Die Antwort des Organismus auf einen Reiz nennen wir Reaktion.

In diesem Zusammenhang ist die **Arndt-Schulz'sche Regel** wichtig. Sie sagt sinngemäß: Schwache Reize entfachen die Lebenstätigkeit, mittelstarke fördern sie, starke hemmen sie und stärkste heben sie auf, wobei individuell verschieden ist, was im einzelnen Falle schwach, mittelstark, stark und am stärksten ist.

In der Wasserkur ist für **die Reizstärke** im allgemeinen entscheidend:

1. die Wassertemperatur

Je rascher und je weiter diese sich von der Haut- (33°–35 °C) oder Indifferenztemperatur entfernt, um so stärker ist der Reiz und in der

1 Syndets: Chem. Bindestoffe
2 Detergentien: Hautschonende Reinigungsstoffe

Regel auch die Reaktion. Kneipps Wahlspruch: »Je kälter und kürzer, um so besser«, gilt auch heute noch. Lauwarme Anwendungen sind darum nur bei erhöhter Hauttemperatur (im Fieber oder nach entsprechender Vorerwärmung) sinnvoll. Auch für Warm- und Heißanwendungen gilt ähnliches.

2. die Zeitdauer der Anwendung
Je mehr Sekunden bei den kalten und je mehr Minuten bei den warmen und heißen Anwendungen, um so stärker ist der Reiz.

3. die Größe der gereizten Fläche
Ein Fußbad z. B. ist in der Regel ein kleinerer Reiz als ein Halbbad, dieses wiederum kleiner als ein Vollbad, ein Lendenwickel ist ein kleinerer Reiz als eine Ganzpackung usw. Durch Abstufung der Flächengröße ist eine Abstufung der Reizstärke möglich.

4. die individuelle Ausgangslage
Diese wird bestimmt durch die Konstitution und augenblickliche Disposition (s. dort).

c) Die Reaktionen auf Wasser

Mit jeder Maßnahme setze ich einen Reiz. Auf diesen soll der Organismus sinnvoll (physiologisch) reagieren.

Die erste Voraussetzung hierzu ist die Reaktionsfähigkeit, d. h. die körperlichen und geistig-seelischen Regulationsmechanismen müssen noch funktionieren. Das zu erkennen, ist nicht immer leicht. Es erfordert ständige Beobachtung. In allen Krankheitsfällen sollte der Arzt diese Feststellung treffen. Der Nichtarzt sollte sich an einige allgemeine Regeln halten.

Die Reaktionsfähigkeit wird im allgemeinen bestimmt durch die Konstitution und durch die Disposition.

Konstitution oder Verfassung

ist das Produkt aus Erbanlagen und äußeren Einwirkungen, die geformte körperlich-seelisch-geistige Beschaffenheit eines Menschen. Sie bedingt die Reaktionsbereitschaft des Individuums, seine Leistungs- und Anpassungsfähigkeit.

Konstitutionstypen

Die Einteilung der Menschen nach bestimmten Körperbautypen ist nur bedingt möglich. Reine Typen sind selten, meistens finden sich Mischtypen, oft nur durch Hervortreten charakteristischer Merkmale. Oder es finden sich ausgesprochene Fehlformen der Normaltypen.

Eine Leitlinie, die für die Praxis ausreicht, gibt die Einteilung nach Prof. Dr. med. Kretschmer.
Er unterscheidet:

den **leptosomen (asthenischen) Typ**
Seine Kennzeichen sind: mager, schmal, aufgeschossen, insgesamt längsbetont, zart, empfindsam und reizbar.

Auf hydrotherapeutische Reize reagiert er eher träge als schnell und stark. Deshalb bedarf er oft relativ starker Reize. Er bevorzugt in der Regel Warm- und Heißanwendungen.

den **athletischen Typ**
Seine Kennzeichen sind: mittel- bis hochgewachsen, breitschultrig, stattlicher Brustkorb, kräftig, muskulös.

Seelisch ist er gekennzeichnet durch Gemüt und Wille, die nebeneinander herrschen.

Die Reaktion auf hydrotherapeutische Reize – mäßige Wärme und Kälte – ist in der Regel gut.

den **pyknischen Typ**
Seine Kennzeichen sind: gedrungene Figur, breites fünfeckiges Gesicht, kurzer Hals, Fettbauch, schwache Muskulatur, Neigung zur Glatzenbildung.

Seelisch ist der Pykniker gefühlsbetont, kontaktfreudig, behäbig bis lebhaft.

Er verträgt in der Regel Kaltreize besser als Warmanwendungen.

Es sei nochmals darauf hingewiesen, daß es sich bei dieser schematischen Einteilung um eine Leitlinie handelt, die nur ein Richtungsweiser sein kann, und daß jede Regel auch Ausnahmen kennt. Entscheidender für die Reaktionsfähigkeit ist das vorsichtige Ertesten der Verträglichkeit und die Disposition.

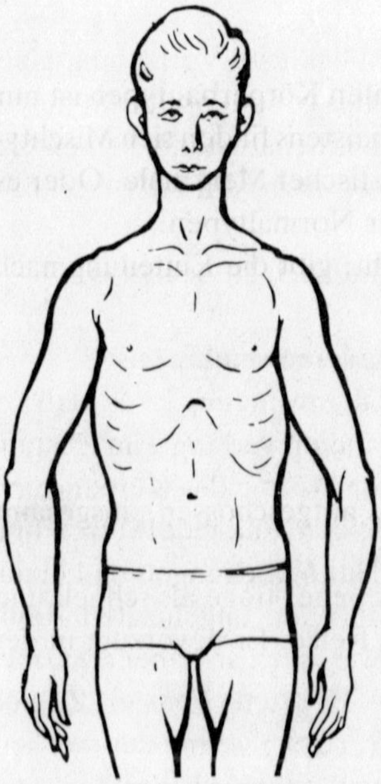

leptosomer Typ

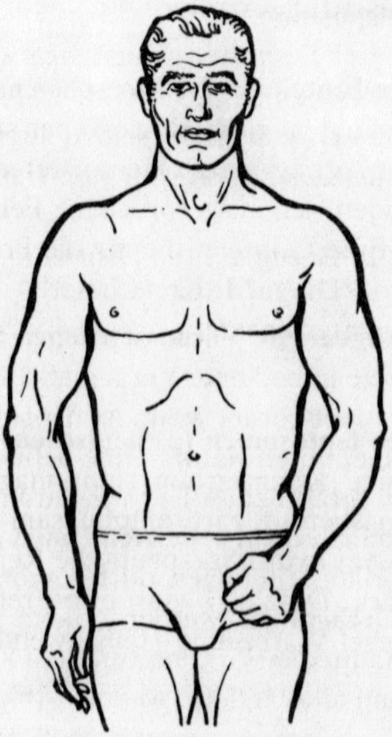

athletischer Typ

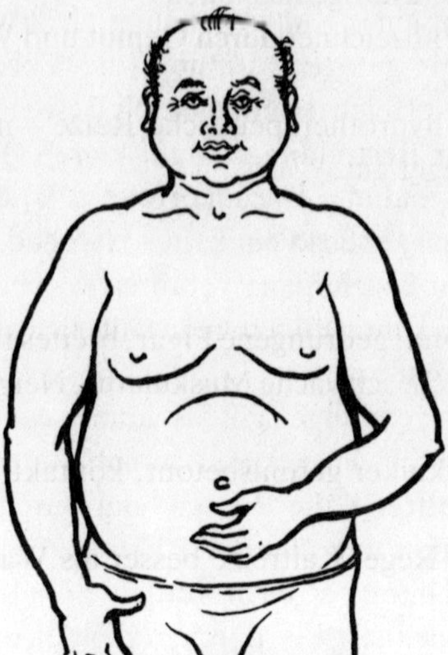

pyknischer Typ

Disposition

Unter Disposition verstehen wir die augenblickliche Verfassung eines Menschen, z. B. seine Hautbeschaffenheit (ob gut oder schlecht durchblutet), sein Alter, seinen derzeitigen Gesundheitszustand, seinen Gemütszustand (ob froh oder traurig) und ob er ausgeruht oder erschöpft ist.

In Bezug auf die Disposition sind grundsätzlich zu beachten:

Allgemeine Voraussetzungen für kalte Wasseranwendungen

Eine unbedingte Voraussetzung für jede Kaltanwendung ist es, daß der Patient vorher warm ist. Er soll sich, wie Kneipp verlangt, im Zustand einer guten Naturwärme befinden. Um diese Wärme des Körpers nicht zu gefährden, soll er sich darum rasch auskleiden, und jede Anwendung soll in einem geheizten Raum geschehen. Nur Waschungen und kleine Teilanwendungen dürfen vom Bett aus auch im ungeheizten Raum durchgeführt werden. Dabei muß alles, was auch in einem warmen Raum die Wirkung vereiteln könnte, wie z. B. offene Fenster, Zugluft und alles andere, was zur Abkühlung führt, streng vermieden werden. Nach der Anwendung soll man selbstverständlich wieder für neue frische Luft durch Öffnen der Fenster sorgen.

Merke: Nie kaltes Wasser an einen kalten Körper!

Ist der Körper vor einer Kaltanwendung nicht warm, dann muß auf irgendeine Weise für gute Erwärmung (die Vorerwärmung) gesorgt werden. Diese kann erreicht werden durch Bewegung, manchmal auch durch Massage oder Bestrahlung, häufig durch Bettwärme oder eine längere warme Anwendung. Darum erfolgt z. B. eine kalte Waschung vom warmen Bett aus, ebenso ein kaltes Halbbad. Ein Guß wird nach einem erwärmenden Spaziergang verabreicht, ebenso vermeidet man das Wassertreten bei kalten Füßen, man läuft sich erst warm oder nimmt vorher ein warmes Fußbad.

Bei den kalten Anwendungen gilt fast immer der Grundsatz: Je kälter das Wasser ist, je durchwärmter und durchbluteter der Patient, und je kürzer und einwandfreier die Anwendung durchgeführt wird, desto besser ist die Reaktion und damit der Erfolg.

Die Reaktion soll immer erreicht werden. Sobald sie eintritt, wird die Anwendung rasch beendet. Alle durchgreifenden und größeren Anwendungen sollen nur auf ärztlichen Rat hin erfolgen.

Bei starker Abgespanntheit und nervöser Überreizung sollen keine kalten Wassermaßnahmen durchgeführt werden.

Nach den Anwendungen trocknet man im allgemeinen die Haut nicht ab. Eine Ausnahme machen alle der Luft unmittelbar ausgesetzten und alle behaarten Teile des Körpers. Etwa auf der Haut stehenbleibende Tropfen werden durch Abstreifen mit der flachen Hand beseitigt. Durch das Nichtabtrocknen wird die Wirkung der einzelnen Maßnahmen verstärkt.

Ebenso wie der Körper vor jeder Kaltmaßnahme warm sein muß, so muß er auch hinterher wieder warm werden (Nacherwärmung). Darum muß auch hier jede Abkühlung vermieden werden. Also nicht nach der morgendlichen Waschung gleich das Luftbad anschließen oder nach dem Wassertreten stundenlang herumsitzen!

- *Beachtung des Lebensalters*

Beim Kleinkind bedenke man, daß das Verhältnis von Körperoberfläche (Haut) zum Inhalt wesentlich größer ist als beim Erwachsenen und daß die Reaktionsmechanismen noch nicht optimal ausgebildet sind.

Alle Reize müssen daher vorsichtiger, behutsamer eingesetzt werden als beim Erwachsenen.

Beim alten Menschen ist besondere Rücksicht notwendig in Bezug
auf die Altershaut (Verlust der elastischen Fasern, Schwund des Unterhautzellgewebes, verstärkte Neigung zur Abschilferung und zu kleinen Hautblutungen),
auf den Kreislauf des alten Menschen,
auf das seelische Verhalten.

Auch hier müssen einige Besonderheiten beim Einsatz hydrotherapeutischer Reize beobachtet werden:

Alle stark mechanisch wirkenden Anwendungen (z. B. Bürstenbäder, Blitzgüsse u. a.) sollten, wenn überhaupt, äußerst vorsichtig dosiert werden. Auch sollten wegen der Gefahr eines zu großen hydrostatischen Druckes (s. dort) grundsätzlich nur Teilbäder, z. B. Halb- oder Dreiviertelbäder, verabfolgt werden unter besonderer Beachtung, daß bei zu schnellem Heraussteigen aus dem Wasser, besonders bei warmen Bädern, erhöhte Gefahr eines Kreislaufkollapses besteht.

Alle chemischen Zusätze müssen eher hautschonend bzw. eher pflegend als hautreizend sein.

- *Beachtung des Lebensrhythmus*

Zu den allgemeinen Grundregeln gehört auch die Beachtung der Tageszeiten und des Tagesrhythmus, obwohl diese Beachtung in der Praxis noch sehr umstritten ist, weil zu viele individuelle Begleitumstände den Tagesrhythmus verändern können.

Nach Prof. Dr. med. Hildebrandt unterscheidet man eine Aufheizungsphase und eine Entwärmungsphase.

Die Aufheizungsphase liegt etwa zwischen morgens 3 Uhr bis nachmittags 15 Uhr. In dieser Zeit ist die Wiedererwärmung in der Regel verzögert oder wird zunehmend verzögert. Es besteht eine gesteigerte Empfindlichkeit gegen Kaltreize.

Die Entwärmungsphase liegt etwa zwischen 15 Uhr nachmittags und 3 Uhr früh. In dieser Zeit ist oder wird die Wiedererwärmung zunehmend verkürzt. Es besteht eine Empfindlichkeit gegenüber Warmreizen.

Unabhängig von dieser Tagesrhythmik soll aber noch auf andere Abhängigkeiten hingewiesen werden, auf abendliche Maßnahmen zur Schlafförderung. Bäder am Abend sollten in der Regel nur in der Temperatur von 36°–37 °C (nicht wesentlich wärmer oder heiß, aber auch nicht viel kühler) durchgeführt werden. Keine Kaltanwendung hinterher. Zusätze sollen nur beruhigend sein! Wie z. B. Baldrian, Hopfen, Melisse u. a.

Eine weitere Abhängigkeit:

Größere Anwendungen sollten i. d. R. nur bis eine Stunde vor und nicht vor 2 Stunden nach dem Essen durchgeführt werden. Kleinere Wickel, z. B. Lendenwickel oder Leibauflagen sollen dagegen bei verdauungsschwachen Menschen besonders nach den Mahlzeiten angelegt werden.

Verhalten bei warmen Anwendungen

Das Verhalten bei oder nach warmen Anwendungen erfordert folgende Überlegungen:

Allzuviel oder allzu häufige Warmanwendungen verweichlichen. Deshalb erfolgt nach einer Warmanwendung in der Regel eine Kaltmaßnahme.

Ausnahmen: notwendige Wärmezufuhr, z. B. wenn man ausgefroren ist,
oder wenn eine Krampflösung (bei Gefäß-, Darm- oder Blasenkrämpfen) notwendig ist,
weiterhin bei bestimmten Zusätzen, wo die Adsorptiv- oder Absorptiv- oder Resorptivwirkung des Zusatzes bezweckt wird.

Unter Adsorption verstehen wir die Anlagerung von Stoffen auf der Haut, unter Absorption das Eindringen in die Haut und unter Resorption das Eindringen durch die Haut in die Blutbahn.

• *Beachtung des Trainings- und Übungsprinzips*

Was heißt Training? Trainieren heißt systematisch gesteigertes Herausfordern von körpereigenen Reaktionen als Antworten des Organismus auf Reize. Allmähliche Steigerung der Reizstärke bedeutet auch Steigerung der Reaktionen. Dadurch werden die Leistungen (Funktionen) nicht nur gekräftigt, sondern die Leistungsfähigkeit maximal gesteigert, die Belastbarkeit größer und die Anpassung besser. Training zielt auf maximalen Leistungszuwachs. Das gilt nicht nur für die Muskulatur, sondern auch für fast alle Organe oder Organsysteme.

Trainieren aber darf niemals überfordern heißen, sonst gilt die Regel: Auf jede Überreizung folgt die Erschöpfung, und je häufiger und schwerer diese, um so irreparabler ist sie.

Was heißt Üben? Üben ist das gleichmäßige Wiederholen einer Handlung bzw. Bewegung und erstrebt das gute Beherrschen einer gleichbleibenden Leistung. Eine eigentliche Leistungssteigerung, ein Leistungszuwachs, tritt in der Regel nicht ein. Üben ist dort notwendig, wo ohne Üben eine Leistungsminderung eintreten würde – wer rastet, der rostet – oder wo ein Leistungszuwachs nicht oder nicht mehr möglich ist, z. B. im höheren Alter. So können in der Regel im Alter über 65 Jahre Bewegungsreize die bis dahin erreichte Muskelleistung noch erhalten, aber nicht mehr steigern.

In Bezug auf Trainieren oder Üben sei noch auf einen häufigen Fehler aufmerksam gemacht.

Sich Tag für Tag, jahraus und jahrein in der gleichen Weise abzubrausen oder irgendeine Wasseranwendung durchzuführen, ist sicher falsch und schädlich. Es bedeutet kein Training der Hautfunktion und vor allem kein Training des Kreislaufes, sondern eher eine Abstumpfung.

Wenn man trainieren will, muß man wechseln:

die Fläche der Haut:	mal oben – mal unten – mal ganz
die Reizart:	mal Brause – mal Guß – mal Waschung – mal Bäder – mal Dämpfe – mal Sauna – mal Wickel – mal schwimmen – u. a.
die Intensität:	mal stärkere – mal schwächere Reize

Nur, wenn man dieses Prinzip beachtet, kann man von einem Trainingsprinzip reden.

d) Die wesentlichen Reaktionen des Organismus auf Wasseranwendungen

Bei jeder Wasser- und Bäderanwendung reagiert immer zunächst der ganze Mensch als Leib-Seele-Einheit. Leib und Seele stehen in enger Wechselbeziehung. Auf diese können wir an dieser Stelle nicht näher eingehen. Jedoch dürfen wir es nicht vergessen, daß auch in allen Kuren und Anwendungen immer der ganze Mensch, bestehend aus Leib und Seele, angesprochen wird. Es gibt nichts rein Körperliches und nichts rein Seelisches. Jede durchgeführte Maßnahme soll eigene leibliche und seelische Kräfte wecken, trainieren oder üben und so zum Erstarken bringen.

Alles, was das körperliche Wohlgefühl hebt, hat eine Rückwirkung auf die Seele, und jede seelische Beeinflussung wirkt sich auch im Körperlichen aus. Das sollte der Bademeister und die Bademeisterin stets beachten (s. dort). Ein freundlich aufmunterndes Wort kann auch bei einer unangenehmen Anwendung Wunder wirken, und ein mürrisches und unfreundliches kann die Wirkung selbst der besten Anwendungen herabmindern.

Aber es wäre falsch, wollte man nur die seelische Auswirkung der Anwendungen sehen und meinen, alle hydrotherapeutischen und balneotherapeutischen Maßnahmen seien mehr oder minder suggestiv wirkende Maßnahmen. Wir wissen heute sehr wohl, daß körperlich immer wieder der ganze Organismus in bestimmter Weise reagiert, und wir sind in der Lage, vieles von den körperlichen Auswirkungen klar und eindeutig zu überschauen. Deshalb wollen wir uns auch im wesentlichen auf die körperlichen Reaktionen beschränken.

Allgemeinreaktionen

In den schwer überschaubaren Gesamtwirkungen sind aber die Wirkungen auf die Durchblutung und auf die Herzarbeit noch am ehesten zu übersehen, besonders, soweit es sich um die Temperatur der Anwendungen handelt. Dabei darf die Allgemeinwirkung nicht vernachlässigt werden. Die allgemeine Wirkung (z. B. Wohlgefühl) ist immer an die spezielle Einwirkung auf Herz und Kreislauf gekoppelt. Infolge der reflektorisch auftretenden Durchblutungsänderungen und der lebhafteren Blutversorgung des ganzen Körpers wird die Funktion aller inneren Organe neben der besonderen Durchblutung des Herzens u. a. auch die der Leber und der Niere beeinflußt. Auf Wärme- und Kältereize reagiert der Kreislauf mit Erweiterung oder Verengung der Blutgefäße, mit Beschleunigung oder Verlangsamung der Herztätigkeit oder mit anderen Veränderungen der Herz- und Kreislauffunktion.

Mit geeigneten Maßnahmen haben wir es in der Hand, Herz und Kreislauf zu trainieren. Da von der Herz- und Kreislauftätigkeit die gesamte Leistungsfähigkeit eines Menschen abhängt, kann auch diese optimal gesteigert werden.

Spezielle Reaktionen

Auf Kälte

Auf Kälte reagiert der Organismus in zwei Phasen:
1. Blässe – Gänsehaut – Kältegefühl, das sich bis zum Schmerzgefühl steigern kann,
2. Röte – Wärmegefühl – Wohlgefühl (eigentliche Reaktion).

Diese »Reaktion« ist also mit subjektivem Wärme- und Behaglichkeitsgefühl verbunden *(Scholtz)*. Es muß stets eine solche gute Reaktion erreicht werden. Oft ist die Ursache für eine mangelhafte Reaktion eine zu geringe Reizstärke. Das gilt ganz besonders bei Einsatz temperierter Reize, die meist nur dann am Platze sind, wenn die Indifferenztemperatur der Haut höher liegt, z. B. im Fieber und nach vorausgegangener stärkerer Erwärmung. Für die Intensität der Kältewirkung ist die Kontrastwirkung wichtig. Nach vorausgegangener Warmanwendung sind geringere Kältegrade als sonst notwendig.

Auch zusätzliche mechanische Reize begünstigen die Reaktion.

Auf Wärme

Auf Wärme ist der Reaktionsablauf einphasig. Er zeigt sich in:
Röte – Wärmegefühl – Wohlgefühl.

Die Erregung von Wärmenerven hemmt die der Schmerznerven, besonders auch bei Koliken. Merke: Wärme löst Krämpfe.

Auf Hitze

Kurze Hitzeanwendungen wirken wie Kaltanwendungen in zwei Phasen:
1. Blässe – Gänsehaut – dumpfes Druck- bis Schmerzgefühl,
2. Röte – Hitze- bis Wärmegefühl – Wohlgefühl.

In allen Fällen kommt es darauf an, die physiologische Reaktion zu erreichen. Der Eintritt der Reaktion bedeutet im allgemeinen, daß der Reiz beendet werden soll.

Fehlreaktionen

Außer diesen normalen Reaktionen gibt es auch anormale, d. h. pathologische oder Fehlreaktionen.

Die arterielle Fehlreaktion

Die Verengung der arteriellen Blutgefäße (Kapillaren und Arteriolen) bei Einwirkung von Kälte bleibt zu lange bestehen oder sie ist zu stark –

es tritt die zweite Phase der Reaktion nicht oder nur verzögert ein. Anhaltende Blässe und Kälte sind die Zeichen der Fehlreaktion. Hinzukommen kann heftiger Schmerz (Krampfschmerz), weil nicht genügend sauerstoffhaltiges Blut zum Gewebe fließt. Sauerstoffmangel führt aber zunächst zur schmerzhaften Zusammenziehung der Skelettmuskeln und bei Fortdauer zum Gewebstod (kalter Brand = Gangrän).

Zur Überwindung dieser Fehlreaktion macht man eine Warmanwendung, z. B. warmes oder verkürzt ansteigendes Teilbad (s. dort), warme Auflagen, Lichtkasten und ähnliche Maßnahmen. Gegebenenfalls kann man auch frottieren oder massieren. Man beachte: Wärme – nicht Hitze – löst Krämpfe.

Die venöse Fehlreaktion

Bei dieser fließt das Venenblut nicht genügend zum Herzen zurück; es kommt zur Stauung. Die Zeichen sind blaurote Verfärbung und Kälte der Haut. Den Rückfluß fördert die Hochlagerung der gestauten Gliedmaßen oder das klassisch ansteigende Teilbad nach Schweninger-Hauffe (s. dort) oder aktive Bewegung.

Gemischte Fehlreaktion

Hierbei sind arterieller Zu- und venöser Abfluß gestört. Als Zeichen finden sich rotblaue Verfärbung und relative Wärme der Haut. Wir finden diese Zeichen als Dauerzustand nicht selten bei zirkulationsgestörten jungen Menschen an den unteren und weniger häufig an den oberen Gliedmaßen. Bei arterio-venöser Fehlreaktion sind Kaltanwendungen möglich. Kommt es bei Anwendung von Kälte zu einem deutlichen Durchbruch einer arteriellen Hyperämie (hellrote Verfärbung), sollte man die Kaltanwendung sachgerecht zu Ende führen. Bei verstärkter venöser Stauung dagegen (blaurote Verfärbung) ist die Anwendung zu beenden und wie bei der venösen Fehlreaktion zu verfahren.

Paradoxe Fehlreaktion

Bei dieser reagiert das Gefäßsystem bei Kälte, als ob es Wärme wäre und umgekehrt. Es kann somit bei Warmanwendungen bis zu arteriellen Gefäßspasmen (Krämpfe) wie bei der arteriellen Fehlreaktion kommen, und physiologische Kälte kann zu starken venösen Stauungen führen. Außerdem kann starke Kälte zu einer übersteigerten arteriellen Hyperämie führen, ohne daß eine erste Phase (s. Kälteeinwirkung) vorausging. Die Gegenmaßnahmen sind entsprechend, d. h., hat Kälte diese Fehlreaktion ausgelöst, muß Wärme angewandt werden, und umgekehrt. Gegebenenfalls sind an Stellen, die dem ursprünglichen

Anwendungsort fernliegen, Maßnahmen gleicher Art zu versuchen, z. B. bei Gefäßspasmen (Verengungen) an den Beinen heiße Anwendungen wie Heusack, Dampfkompresse u. a. in die Kreuzbeingegend.

In jedem Falle ist der Arzt von der Fehlreaktion zu verständigen.

Allgemeine Fehlreaktionen

Allgemeine Fehlreaktionen können sich in Schwindelgefühl, Kopfschmerzen, Übelkeit, Herzsensationen oder in anderen Störungen zeigen. Sie zwingen zum sofortigen Abbruch der Anwendung. In allen ernsten Fällen, d. h. solchen, die nicht gleich wieder abklingen, ist stets der Arzt zu benachrichtigen. Inzwischen lege man den Kranken, wenn er blaß ist, flach hin, wenn er einen hochrot gestauten Kopf hat, läßt man ihn aufsitzen. Gegebenenfalls sind entsprechende Herz- und Nackenkompressen erlaubt.

e) Die Grundformen der Kneippschen Wasseranwendungen

Die Kneippsche Wasserkur kennt ca. 120 verschiedene Einzelanwendungen, die in der Temperatur abgestuft, miteinander kombiniert und untereinander variiert werden können. In diesem Buche sollen aber nur das Grundsätzliche und die wichtigsten Techniken besprochen werden.*

Es empfiehlt sich, technisch schwierigere Anwendungen vom geschulten Badepersonal durchführen zu lassen oder, wo möglich, in der Kur oder in entsprechenden Kursen selbst zu erlernen.

Vor allem informiere man sich vor den Anwendungen über die allgemeinen Grundregeln (s. S. 33ff.).

Die Grundformen der Kneippschen Wasserkur sind:

Waschungen
Wickel
Auflagen
Packungen
Güsse
Bäder
Dämpfe

* Die Technik der Anwendungen wurde im wesentlichen nach dem Lehrbuch des Verfassers dargestellt: »Kneippsche Hydrotherapie, allgemeine und spezielle Balneotherapie«, Kneipp Verlag, Bad Wörishofen, 7. Auflage.

Ergänzende Maßnahmen sind das Taulaufen und das Wassertreten. Ferner gehören zur modernen Kneippkur die Sauna und das Schwimmen.

Waschungen (Heilwaschungen)

Das Wesen der Waschungen besteht darin, daß mit Hilfe einer bestimmten Technik auf die Haut des Patienten eine dünne, gleichmäßig verteilte Flüssigkeitsschicht gebracht wird, die die Haut zur Reaktion bringen soll.

Alle Waschungen sind leichte Anwendungen und lassen sich deshalb bei fast allen Menschen, selbst bei Schwerkranken und Reaktionsschwachen, durchführen.

Grundsätzlich nimmt man zu jeder Waschung kaltes frisches Wasser. Nur auf besondere Vorschrift des Arztes hin können die Waschungen auch mit temperiertem (d. h. praktisch mit abgestandenem) oder mit heißem Wasser und bestimmten Zusätzen gemacht werden.

Man nimmt dafür am besten ein vierfach gefaltetes, leinenes, grobporiges Handtuch. Der Schwamm wird in der Kneippkur nicht verwendet.

Bei keiner Waschung wird kräftig frottiert. Es kommt vielmehr darauf an, daß durch einen gleichmäßigen Druck des Tuches auf die Haut über Körperteile oder den ganzen Körper eine regelmäßig verteilte Flüssigkeitsschicht gelegt wird. Darum wird das Waschtuch so ausgewrungen, daß es zwar noch eine genügende Flüssigkeitsmenge enthält, aber nicht mehr tropft.

Alle Waschungen erfolgen am besten morgens vom Bett aus, wo die Bettwärme die unbedingt notwendige Vorerwärmung gewährleistet. In anderen Fällen richtet man sich nach den Verordnungen des Arztes.

Wie jede andere Anwendung auch soll die Waschung rasch, aber ohne Hast vonstatten gehen. Man steht also ohne Säumnis auf, schlägt die Bettdecke wieder zu, zieht das Nachthemd aus, läßt sich abwaschen oder wäscht sich ab, wirft das Nachthemd wieder über und steigt unabgetrocknet ins Bett zurück. In diesem bleibt man bis zur völligen Wiedererwärmung liegen. Gutes Zudecken ist unbedingt nötig. Die Zipfel der Bettdecke werden unter die Schulter geschlagen.

Ein starker Schweißausbruch ist, abgesehen von bestimmten Fällen, nicht beabsichtigt. Soll dieser durch Waschungen erreicht werden, z. B. bei Grippe zur Ausleitung der Krankheitsstoffe und zu der damit verbundenen Fiebersenkung, dann sind meist gehäufte Waschungen **(Serienwaschungen)** notwendig, d. h. es erfolgt jede halbe Stunde eine, bis der Schweiß ausbricht.

Menschen mit einer gut geübten Haut können nach einer Waschung auch gleich die Kleider anlegen und durch sofortige Bewegung für die Nacherwärmung sorgen. Jedes längere Herumsitzen und jede langsame Abkühlung bringt die Gefahr der Erkältung mit sich.

Bei Kranken entscheidet der Arzt über einzelne Abänderungen. So wird man z. B. den Schwerkranken nicht zur Waschung aus dem Bett steigen lassen, sondern ihn in sinngemäßer Abänderung der Technik im Bett behandeln.

Alles, was über die kalten Wasseranwendungen gesagt wurde, gilt entsprechend auch für die kalten Waschungen, ebenso auch für die seltener durchgeführten temperierten. Warme Waschungen werden kaum angewendet.

Bei den heißen Waschungen wird wie bei den kalten verfahren, nur muß man das Tuch wegen der raschen Abkühlung häufiger in das heiße Wasser tauchen. Dieses beträgt 40 bis 45 °C und wird meistens mit Zusätzen verwendet.

Die **gebräuchlichsten Zusätze** bei den Waschungen sind Essig oder Salz bei den kalten und temperierten und Kräuterabkochungen oder Extrakte vorwiegend bei den heißen.

Essig wird in Form des guten Weinessigs entweder in dem Mengenverhältnis 1:2 oder ¼ Essig und ¾ Wasser benutzt. Er findet oft Anwendung bei Nachtschweiß oder zur stärkeren Anregung der Haut bei schwächlichen Menschen. Kochsalz wird verhältnismäßig selten gebraucht. Man nimmt meist etwa 1 Eßlöffel Salz auf 1 Liter Wasser. Nicht jede Haut verträgt die Anwendung von Salzwasser, deshalb entscheidet hierüber immer der Arzt.

Die verschiedenen Kräuterzusätze werden auch bei den Waschungen nur selten in Anwendung gebracht. Ihre Zubereitung findet sich bei der Beschreibung der Badezusätze.

Je nach Art und Ausdehnung unterscheiden wir Ganz- und Teilwaschungen.

Ganzwaschung (s. Abb. Seite 46)
Technik: Man faltet ein grobporiges, nicht neues Leinenhandtuch etwa vier- oder achtfach, taucht es in die zur Waschung bestimmte Flüssigkeit (wenn vom Arzt nicht anders bestimmt, also in einfaches, kaltes, klares Wasser) und wringt es gut aus, so daß es nicht mehr tropft. Man nimmt es dann in die rechte Hand und stellt sich so vor den Patienten, der vor dem Bett steht, daß man ihn bequem waschen kann.

Man beginnt die Waschung am Rücken der rechten Hand, indem man das Tuch gleichmäßig stark auf die Haut aufdrückt, aber nicht frottiert.

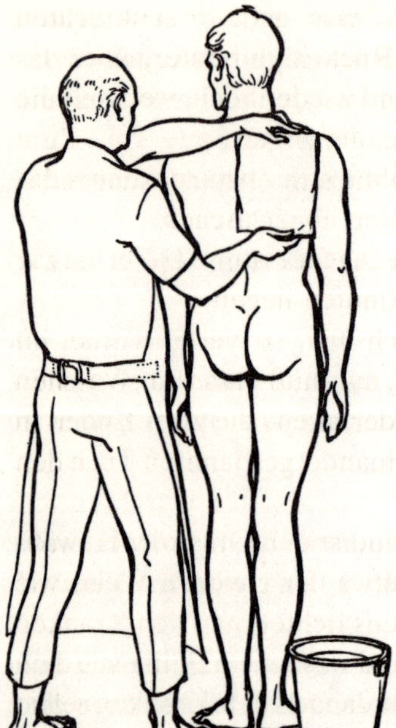

Schema der Ganzwaschung:
rechter Handrücken – rechter Arm –
linker Handrücken und linker Arm –
Hals – Vorderseite rechts –
Vorderseite links –
Rückseite entsprechend – Fußsohlen.

Von der rechten Hand fährt man mit dem Tuch den Arm hinauf bis zur Schulter, von dort an noch nicht benetzter Stelle des Armes herunter und nochmals an anderer Stelle hinauf, so daß durch mehrfache gleichmäßige, flächenhafte Waschungen der Arm überall benetzt wird. Zuletzt wird die Achselhöhle ausgewaschen.

Dann wechselt man die Tuchseite und verfährt am linken Arm genau wie am rechten.

Darauf taucht man das Tuch von neuem in die Flüssigkeit oder man klappt es so auseinander, daß neue, nicht benützte Tuchseiten nach außen kommen und wäscht den Hals in mehreren Strichen, fährt ein- bis zweimal waagerecht über den oberen, vorderen Teil des Brustkorbes und geht danach mit senkrechten Strichen an der rechten Seite des Körpers herunter, über das rechte Bein zum rechten Fußrücken und an der Innenseite des Beines wieder hoch, über den Körper bis an den Brustkorb und nach Bedarf noch einmal in gleicher Weise herauf und hinunter. Die ganze rechte Seite muß gleichmäßig benetzt sein. An der linken Seite verfährt man ebenso. Der Patient dreht sich, und man wäscht ihn nach erneutem Eintauchen des Tuches in mehreren horizontalen Strichen in Höhe der Schulterblätter und des Halses. Dann wird hinten ähnlich wie vorn gewaschen, d. h. man geht in senkrechten Strichen zuerst an der rechten Seite des Rückens hinunter, über das Gesäß zum Unterschenkel und entsprechend wieder hoch, wechselt die Tuchseiten und nimmt in gleicher Weise die linke Seite vor. Zum Schluß, während sich der Gewaschene – ohne sich abzutrocknen – das Nachthemd überwirft, werden die Fußsohlen abgewaschen.

Dann geht der Patient ins Bett, wird fest zugedeckt und bleibt bis zur guten Erwärmung meist noch 30 bis 60 Minuten liegen.

Führt man selbst die Waschung an sich aus, so verfährt man im Grunde genau nach denselben Richtlinien, nur muß man zum Waschen des Rückens das Handtuch weit auseinanderfalten, die zwei Enden in beide Hände nehmen und so mit dem auseinandergespannten Tuch den Rücken hinabfahren.

Bei bettlägerigen Kranken wäscht man zuerst den Oberkörper, während der Unterkörper bedeckt bleibt, in etwa der gleichen Weise wie beim stehenden. Zur Waschung des Rückens richtet man den Kranken auf. Dann deckt man den Oberkörper zu und wäscht ein Bein nach dem anderen, wobei man es hochhebt, und läßt danach den Kranken selbst oder durch eine Hilfsperson sein Gesäß hochheben und wäscht dieses und die Kreuzgegend besonders sorgfältig, da man auf diese Weise das Durchliegen verhüten kann.

Bei allen Waschungen muß am ganzen Körper eine gleichmäßig verteilte dünne Flüssigkeitsschicht entstehen, und die Zeitdauer der Waschung soll möglichst kurz sein.

Teilwaschungen

Die wichtigsten Teilwaschungen sind die Oberkörperwaschung, die Unterkörperwaschung und die Leibwaschung. Sie sind die mildesten Anwendungen im Wasserheilverfahren.

Oberkörperwaschung: Der von dieser Waschung erfaßte Teil des Körpers reicht vom Hals bis zur Nabelgegend und hinten bis zur Gegend des Beckenkammes. Die Technik ist im Grunde dieselbe wie bei der Ganzwaschung.

Wird die Waschung, wie es am zweckmäßigsten ist, im Bett durchgeführt, dann bleibt der Unterkörper bedeckt. Nachher wird der Patient gut eingepackt, indem man die Zipfel der Bettdecke unter seine Schultern steckt und so für Nacherwärmung sorgt. Er bleibt noch etwa 20 bis 30 Minuten liegen.

Schema der Oberkörperwaschung: rechte Hand – rechter Arm – Hals – Brust und Bauch bis zur Nabelhöhe – linke Hand und linker Arm – Rücken bis zum Beckenkamm.

Unterkörperwaschung: Von dieser Waschung werden die Beine, der Bauch und das Gesäß erfaßt. Der Oberkörper des Patienten bleibt dabei bedeckt.

Leibwaschung: Das Anwendungsgebiet der Leibwaschung ist, wie schon der Name sagt, der Leib. Sie wird besonders häufig für den Abend oder für die Nacht verordnet, denn sie ist schlaffördernd. Selbstverständlich darf sie nur dann erfolgen, wenn man schon im Bett warm geworden ist. Sie wird am besten im Liegen bei angezogenen Beinen ausgeführt zur Entspannung der Bauchdecke.

Technik: Man fährt mit dem nassen Tuch mit kreisförmigen Strichen 20 bis 30mal über den Leib. Man beginnt an der rechten Seite des Leibes in der »Blinddarmgegend«. An Stelle des feuchten Tuches kann auch die flache Hand genommen werden, die man öfter in das Wasser taucht (Kaltwassermassage).

Die übrigen Teilwaschungen ergeben sich in ihrer Technik von selbst. Sie kommen nur bei sehr schweren Erkrankungen vor.

Wickel

Von Wickeln spricht man, wenn man den ganzen Körper oder Körperteile mit Tüchern einpackt, von denen gewöhnlich eines naß ist.

Einteilung der Wickel

Es gibt kalte, warme und heiße Wickel und solche, die in reines Wasser, oder solche, die in Wasser mit Zusätzen getaucht werden. Der Größe nach unterscheiden wir kleine, mittelgroße und große Wickel. Zu den kleinen, die fast immer ohne irgendeine Gefährdung durchgeführt werden können, zählen wir den Handwickel, den Armwickel, den Fußwickel, den Wadenwickel, den Fußwadenwickel, den Beinwickel, den Halswickel, den Kopfwickel und die kleineren Auflagen. Zu den mittleren zählen wir den Brust-, den Lenden-, den Kurzwickel und den Schal, den Unteraufschläger und den Oberaufschläger. Diese Gruppe enthält solche Wickel, die im allgemeinen schon nicht mehr ohne ärztliche Verordnung im Krankheitsfalle genommen werden sollen.

Zu den größeren Wickeln rechnet man den Unterwickel oder die Dreiviertelpackung, den Ganzwickel, den Spanischen Mantel, das nasse Hemd, das Lehm-, Salz- und Heublumenhemd. Alle diese Wickel stellen größere Eingriffe für den Organismus dar und sollen nie ohne ärztliche Verordnung genommen werden.

Allgemeine Vorbedingungen

Alle Wickel, kalte, warme und heiße, darf man nur im gut durchwärmten Bett und am besten auch im gut durchwärmten Zimmer machen. Das Anlegen von Wickeln auf dem Ruhebett oder das Herumspazieren mit einem Wickel ist immer falsch.

Auf einen kalten Körperteil darf kein kalter Wickel angelegt werden. Man muß bei jeder Kaltwassermaßnahme für vorhergehende Erwärmung sorgen. Diese Vorerwärmung kann erreicht werden durch ein warmes Bett, in das man nötigenfalls Wärmekrüge gebracht hat, oder durch ein warmes Bad oder seltener durch Massage oder Wärmebestrahlung. Auch warme Getränke aus einheimischen Heilkräutern oder heiße Fruchtsäfte können zur Vorerwärmung mit herangezogen werden. Bei jedem Wickel müssen die Füße warm sein (Wärmekrüge).

Bei allen ernsteren Erkrankungen, insbesondere bei Schwächezuständen des Herzens, des Gefäß- und Nervensystems, sollen Wickel nie ohne ärztliche Verordnung angelegt werden. Dasselbe gilt immer bei allen großen Wickeln und Packungen.

Vor jedem Wickel sollen die Blase und nach Möglichkeit auch der Darm entleert werden.

Wenn es nicht vom Arzt aus bestimmten Gründen angeordnet ist, soll man auch die Wickel wenigstens nicht in ein und derselben Form Tag für Tag anlegen. Immer wieder muß eine Unterbrechung oder ein Wechsel des Reizes eintreten, soll nicht eine Überreizung die Folge sein.

Allgemeine Technik der Wickel

Zu einem kunstgerechten und erfolgreichen Wickel gehören drei Tücher:

1. ein grobes Leinentuch, das als sogenanntes nasses Tuch angelegt wird, das eigentliche Wickeltuch,

Reihenfolge der Wickeltücher

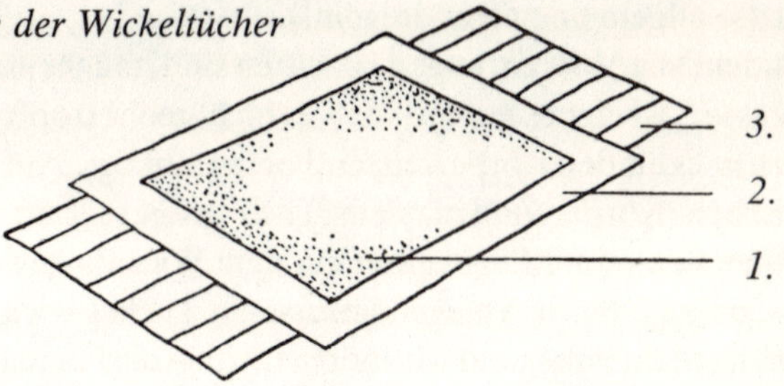

Reihenfolge von innen nach außen: 1. nasses Tuch, 2. Zwischentuch, 3. Wolldecke

2. ein einfaches luftdurchlässiges Leinen- oder Baumwolltuch als sogenanntes Zwischentuch, das das nasse Tuch bedeckt und auch das äußere Wolltuch um 2 bis 3 cm überragt,
3. ein Woll- oder Flanelltuch als sogenanntes Abschlußtuch.

Das Zwischentuch soll nicht durch einen undurchlässigen Stoff ersetzt werden, also nicht durch Gummi, Guttapercha oder einen ähnlichen wasserundurchlässigen Stoff. Nach Möglichkeit soll aber immer ein Zwischentuch mit verwendet werden und nicht das nasse Tuch gleich von der Woll- oder Flanelldecke bedeckt sein. Das Zwischentuch hat nämlich die Aufgabe, das Abdunsten langsam und gleichmäßig zu bewerkstelligen, und läßt sich leichter reinigen bzw. waschen als eine Woll- oder Flanelldecke, die ja bei Fehlen des Zwischentuches den Schweiß und die Ausscheidungsstoffe in sich aufnehmen würde. Außerdem soll das Zwischentuch das äußere Woll- oder Flanelltuch überragen, um die für viele Patienten unangenehme Berührung der Wolldecke mit der Haut zu verhindern.

Vor jedem Wickel lege man sich alles zurecht, was man braucht. Bei den mittleren und größeren Wickeln breitet man Wolldecke und Zwischentuch wickelfertig im Bett aus und legt den Patienten darauf. Man läßt den Kranken einige Zeit diese Tücher anwärmen. Bei den kleineren Wickeln kann man nach Einhalten der für alle Wickel geltenden Vorschriften, vor allem nach der Vorerwärmung des zu wickelnden Körperteiles, gleich mit dem Wickeln beginnen.

Wenn nicht anders verordnet, sollen die kalten Wickel mit frischem kaltem Wasser gemacht werden und die heißen so heiß wie möglich. Durch die Abkühlung beim Anlegen wirken sie als warme Wickel.

Praktisch können die Wickel zu jeder Zeit angelegt werden, jedoch sind größere Wickel, wenn es nicht vom Arzt aus besonderen Gründen anders verordnet wurde, nicht unmittelbar vor und nach dem Essen angebracht (s. allgemeine Grundregeln!).

Erst nachdem alle Vorkehrungen getroffen sind, taucht man das nasse Tuch ins Wasser, wringt es gut aus, daß es nicht mehr tropft, und legt es so um den zu wickelnden Körperteil, daß es fest anliegt. Auf keinen Fall dürfen zwischen Körper und nassem Tuch größere Luftblasen oder unbedeckte Stellen sein. Man beginnt mit dem Wickeln gewöhnlich von der Gegenseite aus. Nach Anlegen des nassen Tuches wickelt man das Zwischentuch so fest anliegend wie möglich; doch darf es dabei nicht zur Abschnürung von Gefäßen oder zur Behinderung der Atmung kommen. Das Zwischentuch muß mit seinen Rändern das nasse Tuch weit überragen. Das Wolltuch oder die Flanelldecke wird als Abschlußtuch genauso angelegt und vom darunterliegenden Zwischentuch um 2 bis 3 cm überragt. Den überragenden Teil des Zwischentuches schlägt man nach außen um und bildet dadurch eine weiche, hygienisch einwandfreie Kante, die die Haut nicht scheuert und den Schweiß aufsaugt. Sind bei einem Wickel Umschlagfalten notwendig, dann werden diese immer nach außen umgeschlagen.

Das Anlegen der Wickel soll sehr rasch, jedoch ohne Hast geschehen, damit bei den kalten Wickeln keine Erkältung oder bei den warmen und heißen keine Abkühlung der Wickel eintritt. Bei den warmen und heißen Wickeln geht man am besten so vor, daß man zuerst das Zwischentuch und die Wolldecke so unter den zu wickelnden Körperteil legt, daß das Wickeln dieser Tücher rasch vonstatten gehen kann. Das nasse Tuch, das sogenannte eigentliche Wickeltuch, taucht man nach Möglichkeit erst am Bett in die warme oder heiße Flüssigkeit, und zwar so, daß man es von beiden Seiten einrollt bis zur Mitte, mit einem darumgelegten Handtuch auswringt und dann rasch anlegt. Bei den heißen Flüssigkeiten hüte man sich aber vor Verbrennungen. Man kann die warmen und heißen Wickel im Notfalle schon ausgewrungen und in eine Wolldecke eingerollt ans Bett bringen, wenn die Vorbereitungen in einem anderen Raum erfolgen mußten.

Ist der Patient vorschriftsmäßig eingewickelt, dann deckt man ihn gut zu, am besten mit einer Wolldecke und einem Oberbett. Bei allen Wickeln sollen die Zipfel der Decke unter die Schultern gesteckt werden, und die Arme des Patienten müssen unter der Bedeckung liegen. Bei Schwerkranken muß eine Hilfsperson zur Verfügung sein, die den Kranken beim Anlegen des Wickels stützen kann.

Verhalten in und nach dem Wickel

Während des Wickels soll sich der Eingewickelte möglichst ruhig und entspannt und doch ganz eingestellt auf die Behandlung verhalten. Die größte Ruhe ist immer notwendig; lesen oder sonstige anstrengende geistige Tätigkeit ist verboten.

Bei Wickeln, bei denen die Arme mit eingepackt sind, muß der Pfleger beim Patienten bleiben oder wenigstens ab und zu nach ihm schauen oder durch Rufen zu erreichen sein.

Wird der Patient in einem kalten Wickel nach einer halben Stunde nicht warm, so versuche man die Erwärmung künstlich herbeizuführen: man legt Wärmflaschen an oder läßt den Kranken heiße Getränke trinken. Gelingt die Erwärmung trotzdem nicht, dann muß der Wickel abgenommen werden. Das gilt auch dann, wenn in einem heißen Wickel nach einer kurzen Abkühlung desselben der Patient nicht wieder warm werden kann. Treten während des Wickels irgendwelche Schwächezustände auf, dann muß man ihn ebenfalls abnehmen und darf bis zum Eintreffen des Arztes einige belebende Mittel (z. B. pflanzliche Herztropfen, Bohnenkaffee, Tee u. a.) versuchen. Für das Weitere muß der Arzt Sorge tragen.

Schläft der Patient bei einem Wickel ein, dann soll man ihn im allgemeinen weiterschlafen und den Wickel liegenlassen. Aber in allen Fällen, wo der Patient geschwächt ist oder wo mit dem Wickel eine bestimmte Wirkung erzielt werden soll, muß er trotz des Schlafes abgenommen werden.

Während der Dauer eines Wickels muß für gute Luft im Raum gesorgt werden; es darf bei geeigneter Witterung sogar das Fenster offen gehalten werden, aber selbstverständlich nicht beim Anlegen und Abnehmen des Wickels.

Jeden Wickel soll man möglichst rasch abnehmen. Bei Schwerkranken muß auch bei der Abnahme des Wickels eine Hilfsperson den Kranken so halten, daß der Wickel rasch ohne Störung entfernt werden kann. Nach jedem Wickel bleibt der Patient noch mindestens eine halbe Stunde im Bett, um nachzudünsten. Ein starkes Nachschwitzen ist in den meisten Fällen nicht notwendig und auch nicht richtig. Nach dieser halben Stunde trocknet man den Patienten ab und läßt ihn gegebenenfalls aufstehen. Eine Abwaschung oder sonstige Kaltwasseranwendung folgt in der Regel nicht, jedenfalls nicht unmittelbar nach dem Wickel. Dagegen wird eine Abwaschung nach dem Nachdünsten und der mindestens halbstündigen Bettruhe von manchem als angenehm empfunden und ist daher auch gestattet.

Die gebräuchlichsten Zusätze zu den Wickeln

Um die Gesamtwirkung der Wickel zu verstärken oder um bestimmte lokale Heilwirkungen zu erzielen, verwendet man Zusätze meist pflanzlicher Herkunft oder Essig, Salz, Senfmehl oder Lehm. So werden im allgemeinen verwendet:

Heublumen: 1 bis 3 Handvoll von den Ablagerungen des Heues werden mit etwa 4 bis 5 Liter Wasser eine halbe Stunde gekocht und durchgesiebt oder von vornherein in ein Säckchen gebracht und mit diesem ausgekocht. In den heißen oder – bei Verwendung eines kalten Wickels – in den abgekühlten Absud wird das Wickeltuch zusammengerollt eingetaucht, ausgewrungen und entsprechend der Verordnung angelegt. Heublumenwickel werden meist heiß angelegt.

Haferstroh: Menge und Zubereitung sind dieselben wie bei den Heublu-

men, mit denen auch Haferstroh bei den Wickeln oft gemischt wird. Haferstrohwickel werden meist heiß angelegt.
Kamille: 2 bis 3 Handvoll Kamille werden etwa ¼ Stunde lang in geschlossenem Topf gekocht, im übrigen verfährt man wie bei den anderen Kräuterzusätzen. Kamillenwickel werden häufig heiß angelegt.
Zinnkraut: 3 bis 4 Handvoll Zinnkraut werden mindestens ½ Stunde gekocht; im übrigen ist die Zubereitung eines Zinnkrautwickels die gleiche wie bei den anderen Kräuterwickeln. Zinnkrautwickel werden kalt oder heiß angelegt.
Eichenrinde: Sie wird fast nur für kleinere Wickel verwendet. Die Menge beträgt daher nur etwa eine Handvoll. Eichenrinde wird mindestens ½ Stunde gekocht, dann taucht man das Wickeltuch ein. In der Wäsche hinterläßt sie schlecht entfernbare Flecken. Eichenrindewickel werden oft kalt angelegt.

Alle übrigen Kräuterzusätze werden im allgemeinen in ähnlicher Weise wie die beschriebenen verwendet. Heute bevorzugt man die fertigen Extrakte oder Öle.

Die nicht aus Kräuterabkochungen bestehenden Zusätze

Essig: Etwa 6 bis 10 Eßlöffel Weinessig kommen auf 1 Liter Wasser oder etwa ⅓ Essig auf ⅔ Wasser. Die Essigwickel sind meist kalt.
Salz: Es werden etwa 1 bis 2 gehäufte Eßlöffel voll auf 1 Liter Wasser genommen. Auch die Salzwickel sind meist kalt.
Senfmehl: Je nach der Größe des Wickels werden etwa 2 bis 3 gehäufte Eßlöffel voll Senfmehl mit Wasser angerührt. (Im allgemeinen 1 bis 1½ Eßlöffel auf 1 Liter Wasser). Das Ganze wird 10 Minuten lang kalt angesetzt und anschließend mit heißem Wasser bis zu einer Temperatur von etwa 48 °C aufgefüllt. Bei gutem Senfmehl und richtiger Temperatur entstehen dann Dämpfe, die besonders auf die Schleimhäute des Auges und der Nase reizend wirken. Die Senfwickel sind immer heiß oder warm. Die Brustwarzen bei Frauen und bei Männern und die Achselhöhlen müssen stets durch ein Mull- oder Leinenläppchen abgedeckt werden. Nach einem solchen Wickel, dessen Dauer gewöhnlich 10 bis 20 Minuten (bis zum Auftreten eines starken Brennens und starker Hautröte) beträgt, werden die etwa haftengebliebenen Senfkörnchen durch eine warme Waschung entfernt. Der Bademeister muß während der Dauer des Wickels anwesend sein. Bei starkem Brennen ist der Wickel sofort zu entfernen. Vorsicht vor Verbrennungen!
Lehm: Es werden so viele Handvoll trockenen pulverisierten Lehmes auf 2 bis 4 Liter Wasser genommen, daß eine dünnflüssige Brühe entsteht. An Stelle des Wassers kann man auch eine Kräuterabkochung

zur Verstärkung der Lehmwirkung verwenden. Die Lehmwickel sind fast immer kalt.

Die Zusätze zu den Packungen, Auflagen und Dämpfen werden bei diesen besprochen.

Dauer der Wickel

Ein Wickel bleibt in der Regel solange liegen, bis er seinen Zweck erfüllt hat. Wenn der Arzt die Wickeldauer nicht festgelegt hat, muß der Bademeister den Zweck des Wickels zu ergründen suchen und danach die Dauer richten.

Warme Wickel

Warme Wickel sollen meist Wärme zuführen bzw. Wärme stauen oder Schweiß treiben. Das sogenannte nasse Wickeltuch muß in heißes Wasser – je größer der Wickel, um so heißer wegen der Abkühlung (40 bis 45 °C) – getaucht und gut ausgewrungen werden.

Wenn mit dem warmen Wickel eine bessere Durchblutung (arterielle Hyperämie) erzielt werden soll, bleibt er gewöhnlich ¾ bis 1¼ Stunden liegen, sofern er nicht zu rasch auskühlt.

Soll der Wickel dagegen Schweiß treiben, bleibt er nach Eintritt des Schwitzens noch ca. ½ Stunde liegen. Die Gesamtdauer des schweißtreibenden Wickels beträgt ca. 2 Stunden.

Heiße Wickel

Heiße Wickel werden in der Regel nach Abkühlung zu warm wirkenden. Sie bleiben wie diese ca. ¾ bis 1¼ Stunden oder eine ½ Stunde nach Schweißausbruch liegen. Auch ausgesprochen heiße Wickel und Auflagen (z. B. Dampfkompresse) bleiben solange liegen, wie sie noch als warm empfunden werden. Bei rascher Abkühlung müssen sie abgenommen werden.

Kalte Wickel

Die Dauer eines kalten Wickels ist verschieden, je nach dem Zweck, den man mit ihm erreichen will. Er soll entweder dem Körper Wärme entziehen oder Wärme in ihm erzeugen oder einen Schweißausbruch herbeiführen; somit müssen wir unterscheiden:

a) *den wärmeentziehenden Wickel:*

   Er bleibt liegen, solange er noch kalt ist. Wenn er warm wird, was meist nach 20 bis 40 Minuten der Fall ist, wird er abgenommen und nötigenfalls noch einmal oder öfters erneuert (vgl. auch die Beispielsammlung am Ende dieses Abschnittes).

b) Den wärmestauenden oder wärmeerzeugenden Wickel:

Er bleibt solange liegen, bis er zur Erwärmung und besseren Durchblutung in dem gewickelten Abschnitt geführt hat, wobei aber noch kein Schweißausbruch auftreten darf. Die Dauer dieses Wickels beträgt im allgemeinen ¾ bis 1¼ Stunden. (Vgl. auch die Beispielsammlung am Ende des Abschnittes).

c) den schweißtreibenden Wickel:

Dieser bleibt bis zum starken Schweißausbruch liegen, der gewöhnlich nach 1½ Stunden eintritt und häufig durch Trinken von heißem Tee in seiner Wirkung noch unterstützt wird.

Temperierte Wickel

Für diese gilt im wesentlichen dasselbe wie für die kalten Wickel. Sie werden nur angelegt, wenn die Hauttemperatur des Kranken deutlich erhöht ist, z. B. bei hohem Fieber und heftiger Entzündung oder nach vorausgegangener Heißanwendung. In allen anderen Fällen sind sie nicht, wie irrtümlich oft angenommen, schonend, sondern ein zu geringer Reiz, um eine sinnvolle Reaktion auszulösen.

Da vom Arzt bei der Verordnung von Wickeln oft nicht die Zeitdauer angegeben wird, sollen einige praktische Beispiele erläutern, wie lange ein Wickel liegen bleiben soll.

Beispiele für die Dauer eines kalten Wickels

Wenn irgendwo im Organismus eine heftige Entzündung vorhanden ist, dann verwendet man meistens den wärmeentziehenden Wickel. So wird man bei einer sehr heftigen Mandelentzündung den Halswickel anlegen, ihn aber immer wieder abnehmen, sobald er warm wird, und ihn öfter erneuern.

Das gleiche gilt u. a. bei sehr heftigen Entzündungen in den Gelenken. In allen diesen Fällen will man die über das Maß der Abwehr hinausgehende Entzündung eindämmen, die Hitze erträglich gestalten. Sinngemäß gilt das für alle sehr heftigen Entzündungen und überhaupt da, wo man dem Körper Wärme entziehen will, z. B. bei hohem Fieber.

Den wärmestauenden oder wärmeerzeugenden Wickel wird man überall da anwenden, wo man durch eine erhöhte Blutmenge auch mehr Abwehrstoffe an die kranke Stelle bringt. Darum kommt er vorwiegend bei den chronischen Krankheitszuständen in Anwendung, wo der Abwehrkampf gering ist.

Wenn z. B. jemand einen chronischen Rachenkatarrh hat, dann kann dieser nur dadurch geheilt werden, daß ein neuer Abwehrkampf von seiten des Organismus einsetzt. Das geschieht durch vielerlei Maßnahmen, besonders aber dadurch, daß man den wärmestauenden Wickel anlegt, der also etwa ¾ bis 1¼ Stunden liegen bleibt und erst nach größeren Pausen wieder angelegt wird. Dadurch kommt es zu einer verstärkten Blutfülle in dem erkrankten Gebiet, was mit Entzündungssteigerung und erhöhter Abwehr gleichzusetzen ist.

Dasselbe gilt bei allen chronischen Entzündungen. So wird man auch bei chronischen Gelenkentzündungen mit mangelnder Wärmebildung diesen wärmestauenden Wickel verwenden. Wenn man weiterhin z. B. die Verdauungsvorgänge regulieren will, dann greift man ebenfalls zum wärmestauenden Wickel (z. B. zum Lendenwickel). Der wärmestauende Wickel kommt also überall in Frage, wo man durch eine bessere Durchblutung eine bessere Leistung erzielen will.

Den schweißtreibenden Wickel wenden wir in der Hauptsache an, wenn wir durch Schwitzen dem Körper Wärme entziehen und die Ausscheidungen durch den Schweiß fördern wollen, so u. a. bei den Infektionskrankheiten (z. B. Grippe und Erkältungszustände) oder bei den Zuständen der Selbst- und Fremdvergiftung (z. B. bei der Harn- oder Nahrungsmittelvergiftung) oder bei der Fettsucht zum Abbau des Fettes.

Es ist immer zweckmäßig, den Arzt von vornherein nach der Zeitdauer des anzulegenden Wickels zu fragen. Bei den am häufigsten verwendeten Wickeln, den Brust-, Lenden-, Bein- und Armwickeln beträgt die Zeitdauer in der Regel ¾ bis 1¼ Stunden, weil man mit diesen Wickeln meist nur eine bessere Durchblutung erreichen will. Gibt der Arzt etwas anderes an, dann gilt seine Vorschrift; denn selbstverständlich können diese Wickel gelegentlich auch andere Zwecke verfolgen.

Typische Beispiele für Wickel

Lendenwickel

Dieser erstreckt sich vom Nabel bis zum halben Oberschenkel. Das Anlegen des Lendenwickels ist denkbar einfach, wenn man die Grundsätze der »Allgemeinen Wickeltechnik« beachtet. Durch entsprechende Faltenlegung ist unbedingt dafür zu sorgen, daß alle Tücher glatt anliegen und daß nicht durch die verschiedene Breite der Körperteile, z. B. der Hüfte, größere Lufträume unter dem nassen Tuch entstehen. Den Lendenwickel kann man sich auch wieder selbst anlegen. Wegen seines wohltätigen Einflusses auf die gesamten Verdauungsvorgänge wird der Lendenwickel gerne nach den Mahlzeiten verordnet, zu einer Zeit also, wo im allgemeinen Wickel unterbleiben sollen.

Kurzwickel
Auch dieser ist zu den mittelstarken Wickeln zu rechnen. Er reicht von den Achselhöhlen bis zum halben Oberschenkel und stellt eine Vereinigung von Brust- und Lendenwickel dar. Die Arme werden also nicht mit eingepackt, was für viele Patienten eine Wohltat bedeutet.

Als Tücher kommen außer den fertigen Wickeltüchern in Frage: Als nasses Tuch und Zwischentuch ein doppelt gefaltetes leinenes Bettuch und als Abschlußtuch eine Wolldecke. Die Technik dieses Wickels ergibt sich wieder aus der allgemeinen Wickeltechnik.

Brustwickel
Dieser Wickel reicht von den Achselhöhlen bis zum unteren Rande des Brustkorbes. Er ist das typische Beispiel für einen Wickel. Man steht beim Anlegen dieses Wickels an der Seite des Kranken und wickelt von der Gegenseite her, an der auch der größte Teil des Wickeltuches überhängt. Alle Tücher müssen glatt anliegen, dürfen aber die Atmung nicht beeinträchtigen. Deshalb läßt man den Patienten ruhig aus- und einatmen und zieht die Tücher bei mittlerer Atemstellung – also nicht bei tiefstem Ein- und Ausatmen – fest an. Zweckmäßigerweise legt man Wolldecke und Zwischentuch schon vorher passend unter und schiebt dann das nasse Tuch in Form einer Rolle nach, die man rasch abrollt und entsprechend wickelt. Oder man legt alle drei Tücher wickelfertig hin und läßt den Patienten sich darauflegen. (Brustwickel mit Senfmehl s. u. Zusatz.)

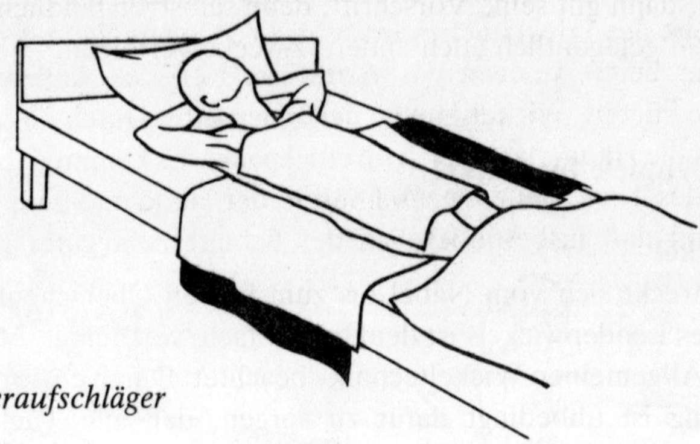

Der Oberaufschläger

Oberaufschläger
Beim Oberaufschläger ist das nasse Tuch ein mehrfach zusammengefaltetes Leinentuch, das die Vorderseite des Körpers von der Höhe der Achselhöhlen bis zum halben Oberschenkel bedeckt. Die Seiten sind

nur wenig vom nassen Tuch bedeckt, der Rücken ist frei. Zwischentuch und Wolldecke werden nun um den ganzen Körper gewickelt wie beim Kurzwickel. Der Oberaufschläger wird meist kalt angelegt mit oder ohne Zusätze (die gleichen wie bei den Wickeln). Seltener wird er heiß angelegt. Der Stärke des Eingriffes nach entspricht der Oberaufschläger den mittleren Wickeln.

Unteraufschläger

Beim Unteraufschläger kommt das nasse Tuch auf den Rücken zu liegen und reicht von der Schulter bis zum halben Oberschenkel. Seitenfläche und Vorderfläche bleiben vom nassen Tuche frei. Zwischentuch und Wolldecke umfassen den ganzen Körperteil und werden wie beim Kurzwickel angelegt. Auch der Unteraufschläger wird meist kalt, seltener heiß, gebraucht und kann mit den bei den Wickeln üblichen Zusätzen versehen werden. Der Stärke seiner Wirkung nach entspricht er den mittleren Wickeln.

Armwickel

Beim Armwickel werden die Hand und der ganze Arm bis zur Schulter eingepackt. Dieser Wickel wird vorwiegend zur Erzielung lokaler Wirkungen angelegt. In einem solchen Falle wird nur der erkrankte Arm eingepackt. Sollen jedoch allgemeine Wirkungen erzielt werden, dann werden beide Arme gewickelt. Bei diesem Wickel wird das Wickeltuch als Viereck hingelegt und dabei das obere, dem Körper nahe Ende so schräg nach außen umgeschlagen, daß gewissermaßen eine längere und kürzere Seite des Wickeltuches entsteht. Die längere Seite des Wickeltuches liegt beim Anlegen des Armwickels an der Außenseite des Armes, die kürzere Wickelseite an der Innenseite. Durch Faltenlegung wird zuerst die Hand, dann der Arm eingepackt. Es kommt dabei darauf an, daß jedes Tuch, ohne einzuschnüren, der Hand und dem Arm fest aufliegt und daß insbesondere an der Schulter ein guter Abschluß vorhanden ist.

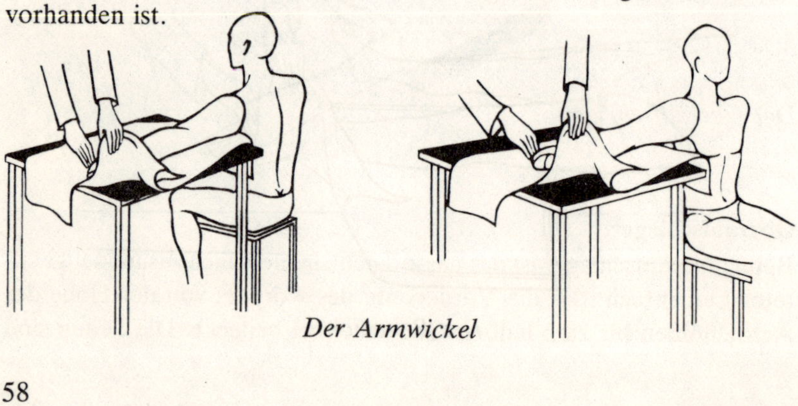

Der Armwickel

Wadenwickel

Dieser Wickel reicht von den Fußknöcheln bis zur Kniekehle. Es werden wegen der meist gewollten Allgemeinwirkung fast immer beide Waden eingepackt. Die Technik eines Wadenwickels ist sehr einfach, und man kann ihn auch sich selbst ohne fremde Hilfe anlegen. Sie ergibt sich aus der allgemeinen Wickeltechnik. Alle Tücher müssen straff anliegen. Als solche eignen sich im Notfalle Handtücher. Ferner kann bei Bedarf das Abschlußtuch beide Beine gemeinsam umgeben, und Kneipp selbst gibt in seinem »Testament« an, daß er auch als nasses Tuch und als Zwischentuch ein und dasselbe große Handtuch benutzen lasse, indem er nur die erste Hälfte naß mache und die zweite trocken als Zwischentuch verwende.

An Stelle des **Fußwadenwickels**, der Fuß und Unterschenkel umfaßt, treten heute die fertig zu kaufenden »nassen Socken« oder »nasse Strümpfe«. Diese werden entsprechend wie bei jedem Wickel angezogen.

Beinwickel

Beim Beinwickel wird das gesamte Bein eingewickelt. Er wird meist doppelseitig angelegt.

Das Anlegen dieses Wickels erfolgt ähnlich wie das des Armwickels. Das viereckige Tuch wird durch Umschlagen des oberen körpernahen Endes so abgeschrägt, daß eine längere und eine kürzere Seite entsteht. Die längere Seite kommt an die Außenfläche des Beines, die kürzere an die Innenseite. Zuerst werden der Fuß und die Wade gewickelt wie beim Fußwadenwickel, dann der Oberschenkel. Die Tücher müssen alle glatt anliegen und dürfen insbesondere in der Leistenbeuge keinen Druck ausüben.

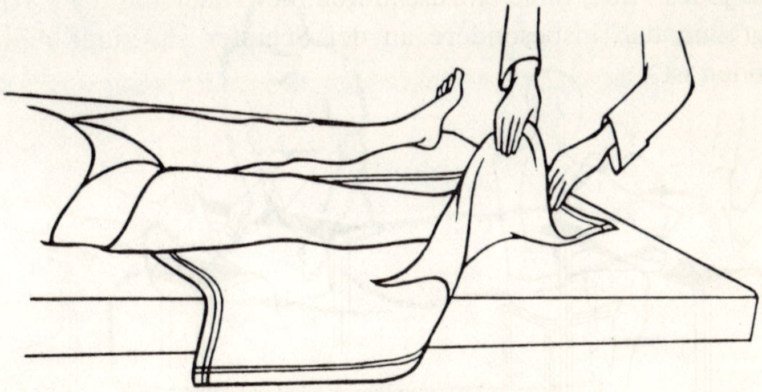

Der Beinwickel

Die größeren Wickel
Sie dürfen nur vom geschulten Personal angelegt werden. Trotzdem sollen an dieser Stelle das Grundsätzliche und die Grundtechnik dargestellt werden, damit sie in Notfällen, eventuell modifiziert, von nicht berufsmäßigen Pflegekräften, besonders im häuslichen Alltag, angelegt werden können.

Zu den größeren Wickeln rechnet man den Unterwickel oder die Dreiviertelpackung, den Ganzwickel, den Spanischen Mantel, das nasse Hemd, besonders das Salz-, Lehm- und Heublumenhemd.

Bei der Anlegung dieser Wickel ist besondere Sorgfalt notwendig, wenn sie nicht schaden sollen. Das nasse Tuch muß in allen Fällen gut ausgewrungen sein und darf nicht mehr tropfen; denn sonst kann keine oder nur eine langsame, geringe Erwärmung eintreten. Ob und wann ein solcher Wickel angelegt werden darf, hat der Arzt zu bestimmen.

Bei allen größeren Wickeln muß eine Pflegeperson beim Patienten bleiben oder wenigstens durch Rufen erreichbar sein und ab und zu nachschauen. Treten Schwächezustände auf, so ist der Wickel sofort zu entfernen und in ernsteren Fällen der Arzt sogleich zu benachrichtigen. Wird der Patient im kalten Wickel nach etwa ½ Stunde nicht warm oder kühlt er im warmen aus, obwohl man Wärmflaschen neben den Patienten und an seine Füße gelegt und ihm heiße Getränke gegeben hat, dann muß der Wickel entfernt werden. Nähere Einzelheiten siehe unter »Allgemeine Technik der Wickel«!

Unterwickel oder Dreiviertelpackung
Dieser Wickel erstreckt sich von den Achselhöhlen bis über die Zehen. Die Arme werden nicht mit eingepackt. Man benötigt die gleichen Tücher wie beim Kurzwickel. Es ist aber zweckmäßig, zum Abschluß zwei Wolldecken zu verwenden, von denen die zur Wickelung des

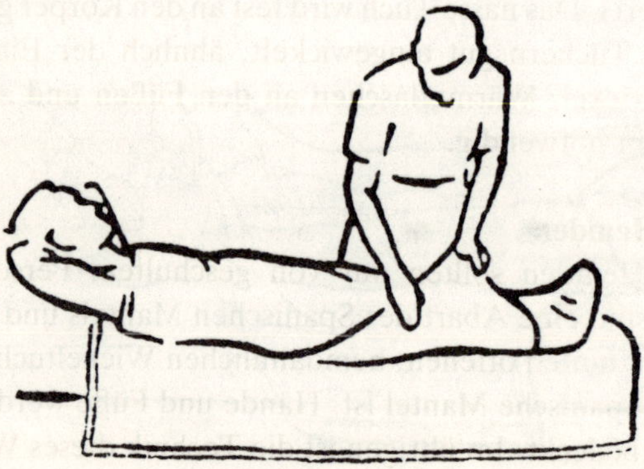

Der Unterwickel

Oberkörpers benutzte der Breite nach und die zur Wickelung des Unterkörpers bestimmte der Länge nach gelegt wird. Das Einwickeln erfolgt vom Oberkörper abwärts, wobei die Tücher ähnlich wie bei der Anlegung des Brustwickels und Lendenwickels straff um die entsprechenden Körperteile gelegt werden. Beide Beine werden aber zusammen eingewickelt; doch muß eine Falte des Tuches auch zwischen die Beine gesteckt werden. Die Füße werden ähnlich wie beim Fußwickel eingepackt. Auf keinen Fall dürfen die Tücher nur lose über die Füße gelegt werden. Zweckmäßig legt man an die Füße nach Fertigstellung des Wickels eine Wärmflasche.

Ganzwickel
Dieser reicht von den Schultern bis zu den Zehen und packt auch die Arme mit ein. Er sollte nur von geschultem Personal angelegt werden.

Das Anlegen des Ganzwickels erfolgt ähnlich wie das des Kurzwickels, nur müssen die Tücher bis etwa zur Mitte des Hinterkopfes heraufreichen und zum besseren Abschluß eine nach außen umgeschlagene Falte besitzen.

Spanischer Mantel
Auch dieser Wickel sollte nur von geschultem Personal angelegt werden.

Der Spanische Mantel ist eine Ganzpackung, bei der das nasse Tuch durch ein weites mantelartiges Gewand aus grobem Leinenstoff ersetzt wird, das über die Finger- und Fußspitzen reicht. Der Hals wird mit eingeschlossen. Dieses Gewand wird in die Flüssigkeit getaucht, meist klares Wasser oder Salzwasser, gut ausgewrungen und dann dem stehenden Patienten angezogen. Dieser legt sich hierauf auf die schon vorher zurechtgelegten übrigen Tücher, die wie bei der Ganzpackung geordnet sind (siehe dort). Das nasse Tuch wird fest an den Körper gelegt und mit den anderen Tüchern gut eingewickelt, ähnlich der Einpackung bei einem Ganzwickel. Wärmeflaschen an den Füßen und an den Seiten sind wiederum notwendig.

Die nassen Hemden
Die nassen Hemden sollten nur von geschultem Personal angelegt werden. Sie sind eine Abart des Spanischen Mantels und bestehen aus einem langen, hinten offenen, hemdähnlichen Wickeltuch, das nicht so lang wie der Spanische Mantel ist. Hände und Füße werden nicht vom nassen Tuch bedeckt. Im übrigen ist die Technik dieses Wickels so wie beim Spanischen Mantel.

Das hemdartige nasse Tuch wird in Wasser getaucht, dem meist Salz, Lehm oder Heublumen zugesetzt sind.

Das **Salzhemd** wird häufig kalt angelegt, heiß aber auch dann, wenn das persönliche Wärmebedürfnis es erfordert. Man gibt auf 5 Liter Wasser etwa ¼ Pfund Kochsalz, bei geringerer Wassermenge entsprechend weniger.

Das **Lehmhemd** wird fast nur kalt angelegt. Man taucht hierbei das nasse Wickeltuch in eine dünnflüssige Lehmbrühe, die man dadurch bereitet, daß man etwa 2 bis 3 Doppelhandvoll pulverisierten Lehm auf einige Liter Wasser verrührt.

Das **Heublumenhemd** wird meist heiß angelegt. Man taucht das hemdartige Wickeltuch in einen heißen Heublumenabsud, den man durch Kochen von 2 bis 3 Doppelhandvoll Heublumen mit 5 Liter Wasser erzeugt. Das Anlegen muß wegen der raschen Abkühlung möglichst schnell geschehen.

Auflagen

Die Auflagen sind wickelartige Anwendungen, deren unterscheidendes Kennzeichen gegenüber den Wickeln darin besteht, daß das nasse Wickeltuch nicht den ganzen Körperteil erfaßt, sondern gewöhnlich mehrfach gefaltet nur einen Teil des Körpers bedeckt. Die Auflagen haben darum eine mehr lokalisierte Wirkung als die eigentlichen Wickel; aber auch ihre Allgemeinwirkung ist nicht gering einzuschätzen. Außer den verschiedenen kleineren Auflagen, die sich fast überall anlegen lassen, kennen wir hauptsächlich zwei größere Formen der Auflagen, den Oberaufschläger und den Unteraufschläger (s. dort). Für alle Auflagen gilt im wesentlichen dasselbe wie für die Wickel.

Die kleineren Auflagen

Kleinere Auflagen werden verabfolgt als Herzauflagen, Leib- oder Stirnauflagen. Außerdem unterscheidet man je nach dem Ort des Anlegens verschiedene andere Auflagen.

Auch für die Auflagen gilt das Grundsätzliche, was über die Wickel gesagt wurde. Sie entsprechen der Stärke des Eingriffes nach den kleinen Wickeln.

Nach Möglichkeit werden über das nasse, gut ausgewrungene Tuch der Auflage ein Zwischentuch und eine Wolldecke ganz um den betreffenden Körperteil herumgewickelt.

Leibauflage
Bei dieser wird ein mehrfach gefaltetes Tuch von der Größe, daß es den Leib vorne vom Rippenbogen bis zur Schamgegend bedeckt, je nach dem Zweck in kaltes oder heißes Wasser getaucht, gut ausgewrungen und auf den Leib gelegt. Darüber wird ein trockenes Leinentuch als Zwischentuch und eine Wolldecke ganz um den Leib gewickelt. Das Zwischentuch überragt auch hier das Wolltuch.

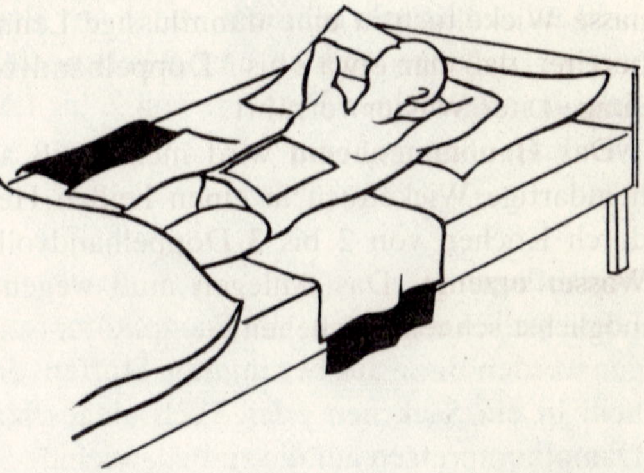

Die Leibauflage

Kalte Auflagen werden gewöhnlich entfernt, wenn sie gut warm geworden sind, und heiße, wenn sie anfangen, kalt zu werden, sonst nach 1 bis 1¼ Stunden. Leibauflagen können oder müssen je nach der Lage des Falles (der Arzt entscheidet darüber) öfters erneuert werden.

Dampfkompressen
Diese sind eine besondere Form von heißen Auflagen, die im Hausgebrauch durchaus beliebt sind. Sie sind wie die schon beschriebenen Auflagen hauptsächlich für die lokale Behandlung bestimmt und eignen sich insbesondere zur Lösung von Krampfzuständen und zur Schmerzlinderung.

Sie können an fast allen Stellen des Körpers angelegt werden. Außer den bei der Auflage üblichen drei Tüchern benötigt man zur Dampfkompresse noch ein viertes Woll- oder Flanelltuch, um das nasse heiße Tuch einzuschlagen.

Technik: Man faltet ein Leinentuch von solcher Größe, daß es nach dem Falten der zu behandelnden Stelle entspricht (etwa 4- oder 8fach), taucht es in sehr heißes Wasser und läßt es einige Minuten darin. Dann nimmt man es rasch aus dem heißen Wasser, unter Umständen mit einer Klammer oder einem ähnlichen Gegenstand, legt es auf ein bereitliegendes Handtuch und wringt es in diesem gut aus. Je besser ausgewrungen das heiße nasse Tuch ist, um so länger hält es warm. Man legt es darauf in das Woll- oder Flanelltuch so, daß es auf der unteren Seite nur von einer Lage des Woll- oder Flanelltuches umgeben ist, im übrigen aber ganz von der Woll- oder Flanelldecke umhüllt wird. Diese Packung legt man auf die zu behandelnde Stelle so, daß die einfache Lage der Wolldecke oder des Flanelltuches auf die Haut zu liegen kommt. Über das Ganze wird dann ein Zwischentuch und eine Wolldecke wie bei einem vollständigen Wickel angelegt. Die Dampfkompressen werden gewöhnlich so heiß auf den Körper gebracht, wie sie der Kranke verträgt. Bei Erkalten werden sie abgenommen und gegebenenfalls durch neue ersetzt. Es folgt im allgemeinen Bettruhe von ½ bis 1 Stunde, aber keine Kaltanwendung.

Breiauflagen

Diese stellen eine Abart der Dampfkompressen dar. Bei den Breiauflagen werden Breie aus bestimmten Stoffen, die die Wärme lange halten, heiß in ein Säckchen oder Tuch eingeschlagen und ähnlich wie die Dampfkompressen auf die zu behandelnde Stelle gelegt. Um Verbrennungen zu vermeiden, prüft man den Wärmegrad der Packung am besten so, daß man diese an die eigene Wange hält oder mit dem Handrücken abtastet. Da diese beiden Körperstellen besonders empfindlich gegen zu heiße Temperaturen sind, wird man auf diese Weise einen praktischen Wärmemesser haben, um festzustellen, ob die Auflage die richtige, d. h. die dem Kranken zuträgliche Wärme hat. Die Breiauflagen läßt man gewöhnlich bis zum Erkalten liegen. Eine Kaltanwendung folgt im allgemeinen nicht hinterher.

Am meisten verwendet man folgende Substanzen für die Breiauflagen:

Kartoffeln. Die Kartoffelbreiauflagen werden so hergestellt, daß man Kartoffeln mit der Schale kocht und zu einem feuchten, heißen Brei stampft, den man in ein Säckchen oder in ein Tuch einschlägt und so heiß wie möglich in eine Wolldecke oder ein Flanelltuch, ähnlich wie bei der Dampfkompresse, einpackt und nach Prüfung der richtigen Wärme auf die zu behandelnde Stelle bringt. Zwischentuch und Wolldecke bilden der Körperstelle entsprechend einen guten Abschluß. Man hüte sich auch hier vor Verbrennungen.

Leinsamen. Die Leinsamenauflagen werden ähnlich wie die Kartoffelbreiauflagen hergestellt. Man kocht, je nach der Größe der zu behandelnden Stelle, 2 bis 4 Handvoll Leinsamen unter ständigem Umrühren zu einem dicken, öligen Brei und streicht ihn auf einen Leinenlappen, den man durch Umfalten zu einer Art Dampfkompresse macht und auf die zu behandelnde Stelle legt. Zwischentuch und Wolldecke sorgen auch hier wieder für den guten Abschluß.

Bockshornklee oder Foenum graecum. Die Auflagen mit Bockshornklee werden ähnlich wie die Leinsamenauflagen hergestellt. Je nach der Größe der Auflage werden 2 bis 3 Handvoll pulverisierten Bockshornklees mit kaltem Wasser angesetzt und dann langsam unter ständigem Umrühren zum Kochen gebracht. Den dickflüssigen Brei bringt man auf einen Leinenlappen, schlägt ihn, ähnlich wie bei der Dampfkompresse, in ein Wolltuch oder Flanelltuch ein und legt die Packung auf die zu behandelnde Stelle. Auch hier bilden Zwischentuch und Wolldecke, der erkrankten Stelle entsprechend angelegt, den Abschluß.

Grütze. Die seltener verwendeten Grützeauflagen werden genau so hergestellt wie die vorhergehenden Breiauflagen.

Von den anderen hier und da verwendeten Breiauflagen gilt im Grunde dasselbe.

Packungen

Mit den Breiauflagen verwandt ist eine Form Kneippscher Anwendungen, die im Hausgebrauch öfter benötigt wird. Die drei hauptsächlichsten von dieser Art von Anwendungen sind der heiße Heublumensack, die kalte Lehmpackung und die Topfen- oder Quarkauflage, die noch gesondert besprochen werden sollen.

Heublumenpackung oder Heusack

Diese in der Kneipp-Kur recht gerne und häufig verwendete Packung hat eine große Tiefenwirkung, d. h. sie ruft noch in den tieferen Stellen des Organismus Wirkungen hervor, wo entsprechende andere Auflagen

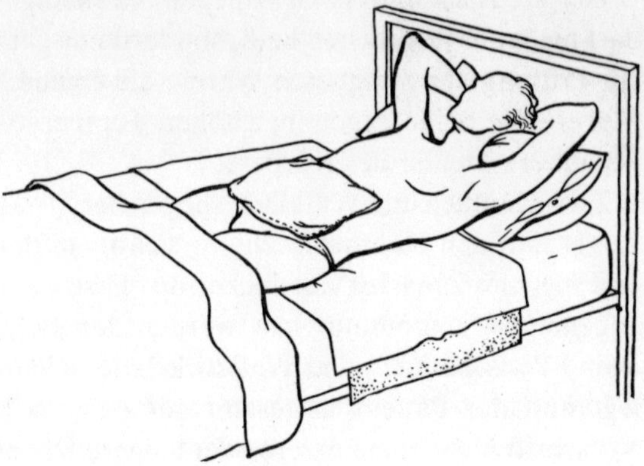

Der Heusack

keine oder nur mehr geringe Wirkung entfalten. Sie ist viel stärker als entsprechende trockene Packungen. Sie wird vorwiegend zur Erzielung lokaler Wirkungen verwendet, hat daneben aber Einfluß auf den gesamten Organismus.

Heusäcke können an fast allen Stellen des Körpers angelegt werden. Ihre Größe ist demnach verschieden und richtet sich nach der Größe der zu behandelnden Körperstelle. Es können auch mehrere Heusäcke zugleich angelegt werden. Aber jeder nur einmal für den jeweiligen Gebrauch.

Technik: Man fertigt von Fall zu Fall einen der Körperstelle entsprechenden großen Sack aus grobporigem, wasserdurchlässigem Leinen an. In diesen Sack füllt man so viel Heublumen, daß diese etwa die Höhe von vier bis fünf Querfingern erreichen. Den Sack näht oder knöpft man zu (jedoch keine Metallknöpfe), bringt ihn in einen Topf, übergießt ihn mit kochendem Wasser und deckt den Topf zu. Der Heusack bleibt in dem heißen Wasser etwa 10 bis 15 Minuten. Dann nimmt man den Sack aus der Flüssigkeit heraus und preßt ihn sehr gut aus. Im Hausgebrauch nimmt man am besten zum Auspressen zwei große Hackbretter oder etwas Ähnliches, zwischen die man den Heusack bringt, und preßt ihn durch Stehen oder Treten auf dem oberen Brett aus. Man muß den Heusack aber mehrmals umwenden, damit er auch wirklich genügend ausgepreßt wird. Nach dem Auspressen packt man ihn in eine Wolldekke oder in ein Gummituch ein und bringt ihn schnell an das Bett des Patienten, damit er nicht zu sehr abkühlt. Heute erhitzt man den Heusack besser mit durchströmendem Dampf (ggf. im Einmachtopf, oder man verwendet den modernen Heupack nach Vorschrift). In den Kurbetrieben gibt es eigene Apparate für die Zubereitung von Heusäcken.

Der Heusack muß beim Anlegen die richtige Temperatur haben. Er darf nicht ausgesprochen heiß, sondern nur gut warm sein. Man nimmt zur Prüfung der geeigneten Wärme die eigene Wange oder den Handrücken, die beide gegenüber hohen Temperaturen empfindlicher sind als andere Stellen des Körpers.

Zwischentuch und Wolldecke liegen bereits wickelfertig im Bett. Man bringt nun den Heusack recht vorsichtig an den Körper des Patienten und legt ihn zunächst nur locker an. Erst wenn er die dem Patienten angenehme Temperatur hat, werden der Stelle des Körpers entsprechend Zwischentuch und Wolldecke wie bei einem Wickel straff angelegt und der Patient insgesamt gut eingepackt. Wenn die ärztliche Vorschrift nicht eine kürzere oder längere Dauer vorschreibt, bleibt der

Heusack etwa 1¼ bis 1¾ Stunden liegen, falls er nicht vorher auskühlt. In diesem Falle muß eine Warmanwendung, z. B. Lichtkasten, Wärmestrahler, Dampfkompresse u. a., folgen. Nach dem Heusack folgt noch eine mindestens halbstündige Bettruhe, um die Wirkung ausklingen zu lassen. Erst nach dieser Bettruhe darf eine Kaltanwendung verabreicht werden, meistens eine Ganzwaschung.

Lehmpackung oder Lehmpflaster

Diese Art der Packung gehört zu den kalten, kann aber auch gelegentlich, insbesondere bei chronischen Gelenkentzündungen, heiß benutzt werden und wird fast nur zur lokalen Behandlung verwendet. Sie ist nicht zu verwechseln mit dem Lehmwickel. Zum Lehmpflaster stellt man sich einen ziemlich dicken salbenartigen Lehmbrei her, den man auf einen Leinenlappen aufstreicht, der der zu behandelnden Stelle der Größe nach entspricht, oder man legt den Lehm unmittelbar auf die zu behandelnde Stelle. Als Lehm verwendet man entweder den käuflichen sterilisierten (keimfreien) Lehm, der gleich gebrauchsfertig ist, oder man holt sich von einer Lehmgrube aus möglichst großer Tiefe so viel Lehm, wie man benötigt, und macht ihn selbst keimfrei, indem man ihn auf einer heißen Herdplatte in kleinsten Stückchen etwa eine Stunde oder noch länger erhitzt und dann pulverisiert. Bei offenen Wunden darf nur keimfreier Lehm verwendet werden. Über das eigentliche Lehmpflaster wird Zwischentuch und Wolldecke wie bei einem Wickel angelegt. Zum Anrühren des Lehmbreies kann man außer klarem Wasser auch Essigwasser oder einen Kräuterabsud verwenden.

Die Lehmpackung bleibt gewöhnlich bis zum Trockenwerden des Lehmes liegen, und der etwa haftengebliebene Lehm wird mit warmem Wasser entfernt. Um eine Entfettung der Haut bei häufigerem Anlegen der Lehmpflaster zu verhindern, ölt man die zu behandelnde Stelle mit etwas Olivenöl ein oder befettet sie mit einer guten Creme.

Topfen- oder Quarkauflage

Auch diese Auflage zählt zu den kalten, häufig verwendeten Packungen. Der Topfen- oder Quark- oder Klatschkäse wird mit etwas Milch, der man zur Verstärkung der Wirkung noch einige Tropfen Essig zusetzt, angerührt und wie eine dicke Salbe gut fingerdick auf ein Leinentuch aufgestrichen. Dieses legt man auf oder um die zu behandelnde Stelle und schließt es mit einem Zwischentuch und einer Wolldecke der Körperstelle entsprechend ab. Diese Auflage bleibt gewöhnlich bis zum Krümelig- und Trockenwerden des Käses liegen.

Trockene heiße Packungen

Sie bestehen darin, daß man ein Leinensäckchen von einer der zu behandelnden Stelle entsprechenden Größe mit Kräutern oder anderen Substanzen füllt, unter öfterem Umwenden auf der heißen Herdplatte erwärmt und dann auf die kranke Stelle legt. Um ein rasches Abkühlen zu vermeiden, bedeckt man das Säckchen mit einem vorerwärmten Wolltuch. Ist das Säckchen kalt geworden, dann wird es durch ein anderes, das inzwischen auf der Herdplatte erwärmt wurde, ersetzt. Die trockenen heißen Packungen werden seltener als die feuchten heißen verwendet.

Güsse

Güsse sind ein charakteristischer Bestandteil der Kneippkur. In Form und Dosierung stellen sie Kneipps eigene Erfindung dar. Vor Kneipp hat man bei gußartigen Anwendungen keine örtlichen Differenzierungen gekannt, auch nicht Konstitution und Disposition sowie die individuelle Reaktion als Maßstab für die Intensität und die Zeitdauer berücksichtigt.

Bei einem Kneippschen Guß wirkt ein Wasserstrahl auf einen Teil oder nacheinander auf mehrere Teile des Körpers oder auf den ganzen Körper ein. Dieser Wasserstrahl kann entweder fast drucklos sein (einfache Güsse) oder unter starkem Druck stehen (Blitz-Güsse).

Bei den einfachen Güssen handelt es sich im wesentlichen nur um einen thermischen, d. h. Kälte-, Warm- oder Heißreiz, bei den Blitzgüssen tritt noch ein mechanischer Reiz hinzu, so daß man bei ihnen von einer Art Wassermassage sprechen kann.

Die einfachen Güsse sind dadurch gekennzeichnet, daß ein fast druckloser, gleichmäßig fließender Wasserstrahl den zu begießenden Körperteil flächenhaft und mantelförmig umhüllt. Die Güsse werden entweder mit kaltem oder heißem Wasser verabfolgt oder in Form von Wechselgüssen, bei denen auf einen warmen ein kalter Guß folgt.

Als Vorbedingung gilt bei den typischen kalten Güssen wie bei jeder Kaltwasseranwendung, daß der Körper warm sein muß. Außerdem ist für eine gute Nacherwärmung zu sorgen.

Die Dauer des üblichen kalten Gusses ist in Minuten nicht anzugeben. Jeder Guß soll unter allen Umständen bis zum Eintritt der Reaktion dauern, d. h. bis zum Auftreten einer leichten Hautröte und eines Wärmegefühls oder auch eines Schmerzgefühls in dem begossenen Körperteil. Auch hier gilt: Je kälter das Wasser, um so besser die

Wirkung und infolgedessen um so kürzer die Dauer des Gusses. Darum haben alle aus Lehrgründen angegebenen Zeiten bei den Güssen nur die Bedeutung von gewissen Anhaltspunkten in dem Falle, wo die Beobachtung der Reaktion auf Schwierigkeiten stößt. Alle diejenigen Güsse, die stärkere Eingriffe für den Organismus bedeuten, dürfen nicht ohne ärztliche Verordnung gegeben werden.

Die beste Zeit für die Durchführung der Güsse ist der Vormittag oder der Nachmittag.

Zur Durchführung benutzt man bei Vorhandensein einer Wasserleitung einen Schlauch von 2 bis 2,50 m Länge und 18 bis 20 mm lichter Weite oder behelfsmäßig eine Gartengießkanne oder Brause.

In Gießanstalten benutzt man weiter Gestelle, z. B. ein Schutzbrett für den Gießer und das »Obergußgestell«.

Der Gießraum soll eine Temperatur von 20 bis 22 °C haben. Er muß taghell sein; die Gießstelle des Bodens muß mit Rosten belegt sein, damit der Patient nicht im ablaufenden Wasser steht.

Der verwendete Wasserstrahl soll bei den einfachen Güssen nicht stark sein. Wenn bei senkrechter Hochhaltung des Schlauches das Wasser etwa 4 Querfinger breit übersprudelt, so hat der Strahl die richtige Stärke.

Vor der Durchführung des Gusses müssen alle beengenden und den Blutumlauf schädlich beeinflussenden Kleidungsstücke abgelegt werden. Wie weit man sich entkleiden muß, wird bei jedem Guß angegeben. Man gießt in der Weise, daß man das Ende des Schlauches mit der rechten Hand so hält wie einen Federhalter, so daß der Wasserstrahl etwas schräg auf den Körper auffällt. Die Entfernung des Schlauchendes vom Körper soll etwa handbreit sein. Das Wasser darf nicht auf den Körper aufspritzen, sondern muß ganz gleichmäßig fließen und den begossenen Körperteil flächenhaft wie einen Mantel umhüllen. Die linke Hand hält das leitungsnahe Ende des Schlauches. Bei jedem Guß fordert man den Patienten zum ruhigen und tiefen Atmen auf (besonders das Ausatmen betonen).

Nach den Güssen wird im allgemeinen nicht abgetrocknet, nur die etwa auf der Haut stehengebliebenen Wassertropfen werden leicht mit der Hand abgestreift; doch sollen alle der Luft unmittelbar ausgesetzten Teile abgetrocknet werden.

Von den Güssen werden nun eingehend diejenigen in der Grundtechnik besprochen, die ohne berufsmäßige Helfer oder in kleinen Abänderungen sogar an sich selbst durchgeführt werden können.

Die Darstellung von größeren oder komplizierteren Güssen, die in der Regel vom geschulten Personal verabfolgt werden, dienen der

Orientierung des Behandelten und sollen helfen, daß dieser sich zur Anwendung richtig einstellt.

Zuvor noch einige **Kunstfehler**, die immer vermieden werden müssen:

Verabfolgung von kalten Güssen auf fröstelnden Körper, bei kalten Füßen.

Anziehen feuchter Leibwäsche, weil die Nacherwärmung ausbleibt.

Güsse bei nüchternem Magen. (½ Stunde vorher eine Kleinigkeit essen!)

Güsse auf vollen Magen.

Güsse in kaltem, zugigem Raum.

Güsse bei erhöhter Pulszahl infolge momentaner Anstrengung nach Laufen, schwerer Arbeit. Erst etwas warten!

Nach Güssen herumstehen, plaudern, Schaufenster besehen, weil die Nacherwärmung darunter leidet.

Knieguß (Kn)

Die Unterschenkel einschließlich der Knie werden begossen. Dazu Entkleidung der Beine bis zur Mitte der Oberschenkel. Bei Männern sind lange, enge Unterhosen besser auszuziehen, um mit dem Aufstülpen verbundene Blutstauungen zu vermeiden.

Die Gießung beginnt am rechten Fuß rückwärts. Seitlich führt man den Wasserstrahl von den Zehen aus über den Vorderfuß zur Ferse 1 bis 3 mal hin und zurück, geht dann langsam an der Wade aufwärts bis über die Kniekehle und hält hier den Schlauch so, daß die ganze Rückseite des Unterschenkels gleichmäßig von Wasser umspült wird. Nach etwa 5 bis 10sekundigem Verweilen – dabei leichte Bewegung, nicht auf einem Punkt stehenbleiben – geht man an der Innenseite des Unterschenkels langsam zur Ferse zurück. Am linken Fuß geht man genauso vor wie auf der rechten Seite bis über die Kniekehle, verweilt hier etwa 5 Sekunden und wechselt, ohne auf dieser Seite zunächst abwärtszugehen, sofort auf die rechte Kniekehle, »verstärkt« dort bis 5 Sekunden lang, geht wieder nach links, verstärkt hier ebenfalls bis zu 5 Sekunden und geht dann an der Innenseite des linken Unterschenkels zur Ferse abwärts. Die Begießung der Vorderseite geschieht in gleicher Weise wie hinten bis über die Kniescheibe, so daß die Vorderseite des Unterschenkels gleichmäßig von einem Wassermantel umgeben ist, zuerst am rechten Unterschenkel, dann am linken, auch hier Wechsel wieder nach rechts und zurück zur Innenseite des linken Unterschenkels, dann abwärts zum Fuß. Zum Schluß Abgießen der Fußsohlen. Eine direkte Begießung des Schienbeins soll vermieden werden. Beim Auf- und Abwärtsgehen führt man den Strahl mehr über die seitlichen Muskelpartien.

Schema des Kniegusses: rechter Fußrücken – Außenseite – Wade – Kniekehle rechts – Innenseite des rechten Unterschenkels – Außenseite des linken Fußrückens – linke Wade – linke Kniekehle – rechte Kniekehle – linke Kniekehle – Innenseite der linken Wade – vorne entsprechend – Fußsohlen.

Schenkelguß (Beinguß) (S)

Der Unterkörper wird entblößt, der Oberkörper bleibt bekleidet. Man beginnt wie beim Knieguß, geht aber weiter hinauf bis zur Hüftgegend bzw. bis auf den großen Gesäßmuskel, verweilt hier etwa 5 bis 10 Sekunden, dann führt man den Wasserstrahl unterhalb der Gesäßmuskulatur an der Innenseite des Beines abwärts zur Ferse. Das linke Bein wird wie das rechte rückwärts begossen, nur wechselt man ähnlich wie beim Knieguß zwischendurch nach rechts und wieder zurück, wobei der Gießstrahl unterhalb des Gesäßes hinübergeleitet wird. Nach Umdrehung des Patienten erfolgt vorne rechts die Begießung des Beines bis zur Hüftbeuge, dann links wieder mit Überwechseln zwischendurch nach rechts und wieder zurück.

Abwärts an der Innenseite des linken Beines. Der Wasserstrahl darf beim Hin- und Herwechseln nicht über die Blase und den Unterleib geführt werden. Zum Schluß Abgießen der Fußsohlen.

Schema des Schenkelgusses: rechter Fußrücken – rechte Wade und Rückfläche des Oberschenkels – Gesäß – Innenfläche des rechten Beines – linker Fußrücken – linke Wade und Rückfläche des linken Oberschenkels – linker Gesäßmuskel – rechter Gesäßmuskel – linker Gesäßmuskel – Innenseite des linken Beines – vorne entsprechend genauso – Fußsohlen.

Unterguß

Dieser Guß heißt auch verlängerter Schenkelguß mit Leibguß. Er umfaßt außer beiden Beinen noch die Gegend des Kreuzes bis zum Rippenbogen und den Leib.

Die Technik ist ähnlich wie beim Schenkelguß. Man geht aber über das Gesäß hinaus bis zur 12. Rippe, wo man mit dem Wasserstrahl wieder einige Sekunden oder bis zum Eintritt der Reaktion stehenbleibt. Doch muß der Wasserstrahl ganz flach von oben auffallen, da sonst die Gefahr einer Nierenreizung besteht. Vorne geht man wie beim Schenkelguß hoch, aber über die Leistenbeuge hinaus bis zum Rippenbogen, wo man entsprechend wie hinten stehenbleibt. Nach dem letzten

Wechsel zur linken Seite geht man aber nicht an der Innenseite abwärts, sondern kreist mit dem Wasserstrahl noch drei- bis sechsmal von rechts nach links in der Verlaufsrichtung des Dickdarms über den Leib. Doch lasse man den Wasserstrahl nicht auf die Blase auffallen. Bei der letzten Kreistour geht man an der linken Seite und an der Innenfläche des linken Beines abwärts bis zum Fuß. Zuletzt werden die Fußsohlen begossen.

Schema: rechter Fuß – rechtes Bein – 12. Rippe rechts – abwärts bis zum Fuß – linker Fuß – linkes Bein – 12. Rippe links – 12. Rippe rechts – 12. Rippe links – abwärts – vorne entsprechend – Leib umkreisen von rechts nach links – links ab – Fußsohlen.

Rückenguß

Er ist einer der stärksten Güsse und darf nie ohne ärztliche Verordnung gegeben werden. Er ist praktisch ein Teil des Vollgusses, bei dem nur der Rücken begossen wird.

Seine Technik ergibt sich aus der des Vollgusses (s. dort).

Schema des Rückengusses: rechter Fußrücken – rechtes Bein bis zum Gesäß – Innenseite ab – linkes Bein bis zum Gesäß – Herzgegend und Brust benetzt – rechter Arm bis zum rechten Schulterblatt – linker Arm bis zum linken Schulterblatt – Wechsel unterhalb vom Gesäß – Rücken neben der Wirbelsäule hoch bis zum rechten Schulterblatt – Rücken abwärts – Wechsel unterhalb vom Gesäß – linke Rückenseite aufwärts bis zum Schulterblatt – evtl. nochmaliger Wechsel – linke Rückenseite – Innenfläche des linken Beines abwärts – Fußsohlen.

Vollguß

Beim Vollguß wird der ganze Körper begossen. Er sollte nur auf ärztliche Verordnung von geschultem Personal verabfolgt werden. Die Technik: Man beginnt am rechten Fuß, geht mit dem Wasserstrahl bis zum Gesäß hoch und an der Innenseite des rechten Beines abwärts, an der linken Seite verfährt man ebenso, geht aber nicht abwärts, sondern gibt dem Patienten Wasser in die linke Hand zur Waschung der Brust und Herzgegend, wäscht ihm selbst den Rücken, führt dann den Schlauch in Kletterhaltung am rechten Arm hoch bis zum Schulterblatt und hält ihn dann so, daß ⅔ des Wassers den Rücken herunter- und ⅓ die Brust herabfließt.

Man wechselt dann, indem man an der rechten Seite des Rückens abwärts geht bis unterhalb des Gesäßes und den Schlauch dann am linken Arm ebenso wie am rechten hochführt bis zum Schulterblatt, wo man wiederum etwa ⅔ des Wassers den Rücken und ⅓ die Brust herunterfließen läßt. Der Wechsel vom linken Schulterblatt zum rechten vollzieht sich aber jetzt über den Nacken, nicht unterhalb des Gesäßes. Nach zweimaligem Wechsel geht man an der linken Seite abwärts bis zum Fuß.

Der Patient dreht sich, so daß er mit dem Gesicht zum Bademeister steht. Vorn beginnt man wie beim Schenkelguß am rechten Fußrücken, geht an der Außenseite hoch und der Innenseite ab, dann am linken Bein genauso hoch bis zur Leistenbeuge, wechselt aber in der Mitte des Oberschenkels zur rechten Hand, von wo man in derselben Haltung des Schlauches den Wasserstrahl aufwärts bis zur Schlüsselbeingegend führt. Man läßt jetzt umgekehrt ⅔ des Wassers über die Brust herunterfließen und ⅓ über den Rücken.

Man geht nun an der Vorderseite des Brustkorbes und des Leibes abwärts bis unterhalb der Schamgegend (Mitte Oberschenkel) und wechselt nach links herüber, indem man am linken Arm beginnt, wieder bis zur Schulterhöhe steigt, das Wasser genauso wie auf der rechten Seite fließen läßt und dann über das Brustbein von einer Seite zur anderen wechselt. Man geht an der linken Seite des Brustkorbes und des Leibes und an der linken Beinseite abwärts.

Bei manchen Krankheitszuständen, insbesondere bei solchen der Schilddrüse, wird nicht am Hals gewechselt, sondern unterhalb der Schamgegend. In einzelnen Fällen entscheidet über Abänderungen die ärztliche Vorschrift.

Schema des Vollgusses: rechter Fuß – rechtes Bein – abwärts – linker Fußrücken – linkes Bein bis zum Gesäß – Brust- und Herzgegend waschen – rechter Arm – rechtes Schulterblatt – (⅔ Wasser hinten, ⅓ vorn) – Rücken abwärts – unterhalb vom Gesäß gewechselt – linker Arm bis zur linken Schulter – nochmaliger Wechsel – linke Seite abwärts – vorn: rechtes Bein Außenseite hoch – Innenseite ab – linkes Bein Außenseite hoch – Wechsel zur rechten Hand – rechter Arm bis zur rechten Schulterhöhe – (⅔ Wasser vorn, ⅓ hinten) – Rumpf abwärts – Wechsel unterhalb der Schamgegend – linker Arm – linke Schulterhöhe – Wechsel nach rechts – Wechsel nach links – links abwärts – Fußsohlen.

Abgießung

Die Abgießung ist eine Anwendung, die meist nach einem warmen Bad oder nach einer anderen warmen oder heißen Anwendung folgt. Sie besteht darin, daß man mit einem möglichst breiten Wasserstrahl rasch den ganzen Körper abgießt. Man macht das am besten so, daß man das Ausflußende des Schlauches zwischen Daumen und Zeigefinger platt drückt und so einen sehr breiten Wasserstrahl erzeugt. Mit diesem fährt man schnell, am rechten Fuß beginnend, über das rechte Bein bis zum Gesäß, dann herunter und am linken Bein genauso, darauf an der rechten Hand hoch über den rechten Arm und über das Schulterblatt und an der gesamten rechten Seite herunter. Links führt man die Anwendung in der gleichen Weise durch. Hierbei muß die ganze Rückseite des Körpers vom kalten Wasser getroffen werden. Vorne verfährt man entsprechend.

Armguß (Ag)
Beide Arme werden bis zur Schulterhöhe begossen. Der Oberkörper wird vollständig entblößt, und der Kranke stützt sich in leichter Rumpfbeugung auf die Seitenhölzer des Obergußgestells. Der jeweils begossene Arm hängt locker herab. Die Begießung beginnt an der rechten Hand. Von hier führt man den Wasserstrahl über den Handrücken, dann langsam über den Arm bis zur Schulter aufwärts. Hier etwa 10 Sekunden verweilen, während das Wasser mantelartig über den Arm abfließt, Abwärtsgang. Am linken Arm wird genau wie rechts verfahren. Zur Verstärkung wird der Guß rechts und links wiederholt, indem man jetzt die Handfläche nach außen drehen läßt. Bei Neigung zum Blutandrang zum Kopfe, Schwindelgefühl und allgemeiner Körperschwäche erteilt man den Armguß im Sitzen. Der Patient neigt seinen Oberkörper etwas seitwärts und lehnt den Arm über ein Schutzgestell. Die Ausführung des Gusses ist die gleiche wie vorhin geschildert.

Einfacherweise kann man den Armguß auch unter dem laufenden Wasserhahn durchführen. Es ist nur darauf zu achten, daß der Wasserstrahl zuerst die Handflächen benetzt und dann allmählich am Arm aufwärts zur Schulter steigt.

Schema des Armgusses: rechte Hand – rechter Arm bis zur Schulter – linke Hand – linker Arm bis zur Schulter – Wiederholung.

Heißer Nackenguß (Ng heiß)
Der heiße Nackenguß wird in der Regel im Anschluß an den Wechselarm- oder Wechsel-Oberguß durchgeführt. Hierbei wird die Schulter-Nackengegend in horizontalen und vertikalen Strichen nur so lange heiß begossen, bis eine intensive Rötung eintritt. Keine Kaltanwendung hinterher, meist aber Bettruhe. Verboten bei grünem Star, hohem Blutdruck und starker Überfunktion der Schilddrüse.

Oberguß (O)
Der Patient beugt sich vor wie beim Armguß, wobei man darauf zu achten hat, daß die Kreuzbeingegend des zu Begießenden höher steht

als seine Schulter, der Rücken also eine nach dem Kopf zu geneigte Ebene bildet. Es soll kein Wasser nach rückwärts in die Kleider abfließen. Zweckmäßig steckt man noch ein Handtuch am Kreuzbein über die Unterkörperbekleidung ein. Der Kopf wird etwas hochgehalten, jedoch ohne krampfhafte Anspannung, außerdem läßt man den Patienten während des Gusses leicht drehende Bewegungen des Kopfes ausführen (»Nein-Nein-Nicken«). Der Gießer steht rechts vom Patienten.

Zuerst werden beide Arme begossen, ohne an den Schultern zu verweilen. Dann führt man den Schlauch am rechten Arm Innenseite in Kletterhaltung hoch zur Brust, die in einigen Kreis- oder Achtertouren begossen wird. Nun führt man den Wasserstrahl auf die rechte Rückenseite und läßt das Wasser vom unteren Brustkorbrand 5 bis 10 Sekunden lang kopfwärts abfließen. Dann wechselt man unterhalb der Schulterblätter nach links, verweilt wieder 5 bis 10 Sekunden am linken Brustkorbrand. Darauf erfolgt rechts und links eine Verstärkung. Zum Schluß begießt man noch einige Sekunden die Brust und gibt einen Fächerstrahl quer über den Rücken. Um ein Naßwerden der Haare zu vermeiden, ziehen Frauen eine Badehaube über, außerdem kann der Gießer seine freie Hand an die Nackenhaargrenze zum Abhalten des Wassers legen.

Nach Beendigung des Gusses streift der Gießer mit beiden Händen den Rücken des Patienten nackenwärts ab. Nach Bedeckung des Körpers erfolgt Abtrocknen der Hände, des Halses und der Haare, wenn sie im Nacken naß geworden sind.

Der Oberguß ist einer der schönsten und erfrischendsten Güsse.

Schema des Obergusses: rechter Handrücken – rechter Arm bis Schulter – Innenfläche abwärts – linker Arm Innenfläche aufwärts – Brust umkreisen – über die rechte Seite langsam zum Rücken – Rücken umkreisen – linker Arm abwärts. (Brustguß und Fächerstrahl Rücken)

Brustguß (Bg)

Die Stellung des Patienten ist wie beim Arm- oder Oberguß. Man geht wie beim Armguß vor und gießt zuerst beide Arme ab, darauf geht man wie beim Oberguß auf die Brust über, sie kreis- oder achterförmig umspülend, wobei auch der Hals zweckmäßig mit begossen wird.

Schema des Brustgusses: rechter Arm bis zur Schulter – abwärts – linker Arm Innenseite – Brust dreimal umkreisen – linker Arm abwärts.

Gesichtsguß (Gesichtsg)

Der Patient beugt sich vor und stützt seine Hände auf die Arme eines Obergußgestells. Um den Hals wird ein Handtuch gebunden. Mit leichter Abschwächung des Gießstrahls beginnt man auf der rechten Seite unterhalb der Schläfe, umkreist langsam das Gesicht bis zur Stirn, hier einige Querstriche, dann Längsstriche über das Gesicht von der Stirn bis zum Kinn, von rechts nach links fortschreitend. Zwischendurch gibt man dem Patienten Gelegenheit zum Einatmen. Die Gießung wird mit einer ovalen Wasserbestreichung des Gesichts beendet. Nach dem Guß ist das Gesicht gut abzutrocknen. Der Gesichtsguß wirkt anregend auf die Durchblutung der Gesichtshaut (scherzhaft nennt man ihn auch Schönheitsguß).

Der Gesichtsguß ist **verboten** bei Bluthochdruck, grünem Star (Glaukom) und Überfunktion der Schilddrüse.

Wechselgüsse

Die Wechselgüsse sind kein eigentlicher Bestandteil der ursprünglich Kneippschen Wasserkuren. Seit etwa 1920 wurden sie immer mehr in die Kneippkuren eingeführt und werden heute recht häufig angewendet. Deswegen ist die Kenntnis ihrer Technik notwendig.

Ein Wechselguß besteht darin, daß ein warmer oder heißer Guß von einem kalten abgelöst wird. Die Temperatur des ersten Gusses soll zwischen 36 und 42 °C liegen, je nach der größeren oder geringeren Fähigkeit des Patienten, Hitze zu vertragen, und je nach der Schnelligkeit, mit der das herabfließende Wasser abkühlt.

Die Temperatur des kalten Gusses soll zwischen 8 und 15 °C liegen. Zu diesem wird meist Wasser direkt aus der Leitung entnommen. Der Wechsel zwischen warm (etwas länger) und kalt (kürzer) kann ein- bis zweimal oder mehrmals erfolgen und soll unmittelbar geschehen. Beim Fehlen einer entsprechenden Einrichtung kann man sich so helfen, daß man für den warmen oder heißen Guß eine Gießkanne und für den kalten den Schlauch wie üblich benutzt. Es können fast alle Güsse als Wechselgüsse gemacht werden, und die Technik ist dieselbe wie bei den einfachen Güssen, nur wird die Zeitdauer jedes Einzelgusses eine kürzere sein. Im übrigen gilt dasselbe wie bei allen Wasseranwendungen. Größere Wechselgüsse sollen nie ohne ärztliche Verordnung genommen werden.

Blitzgüsse (Druckstrahlgüsse)

Die Blitzgüsse sind für den Hausgebrauch kaum geeignet. Sie sollten nur auf ärztliche Verordnung von geschultem Personal verabreicht werden.

Bei »Blitzgüssen« wird der thermische Reiz mit dem mechanischen verbunden. Dazu braucht man einen Gießschlauch mit Blitzgußkopf, ein konisch sich auf ½ cm verengendes, kurzes Metallrohr. Der richtige

Druck ist vorhanden, wenn der Strahl von etwa 3 m Entfernung waagerecht auf den Körper trifft. Beim Gießen wird das Mundstück so gehalten, daß der gestreckte Zeigefinger der rechten Hand in der Lage ist, durch Druck auf den Strahl diesen abzuschwächen oder in Sprühregen zu verwandeln. An empfindlichen Körperstellen wird der Strahl abgeschwächt, z. B. über Knochenpartien, am Bauch und in der Nierengegend und über Narben. Bei Krampfadern ist er verboten. Der Blitzguß ist richtig in seiner Stärke, wenn er dem Patienten angenehm ist.

Blitzgüsse werden kalt, im Wechsel und heiß gegeben. Der Wechselblitz ist immer ein einmaliger.

Von den verschiedenen in der Kneippkur üblichen Blitzgüssen sollen an dieser Stelle nur als Musterbeispiele zur Orientierung dargestellt werden: der Schenkelblitz, Rückenheißblitz und die Segmentblitze.

Schenkelblitz

Beim Schenkelblitz beginnt man mit einem Sprühregen, der bis zum Gesäß reicht und in dem sich der Patient einige Male umdreht. Darauf läßt man den etwas abgeschwächten Wasserstrahl auf die Außenseite des Fußrückens auftreffen und geht mit voller Stärke des Strahles an der Außenseite der Wade hoch, über die seitliche Rückfläche des Oberschenkels bis zum Gesäß, das man mit vollem Strahl einige Male umkreist. Dann geht man an der Innenseite der Rückfläche des Beines abwärts. Links geht man in der gleichen Weise vor und nimmt nacheinander noch einmal das rechte und dann das linke Bein wie vorher in Behandlung. Es folgt das Peitschen der Rückfläche.

Nach Drehung des Patienten verfährt man vorne in ähnlicher Weise, schwächt aber den Strahl am Oberschenkel etwas ab und umkreist beim Heruntergehen dreimal die Kniescheibe. Man läßt den Wasserstrahl nicht auf die Schamteile auftreffen.

Nach Behandlung der Vorderseite stellt sich der Patient so, daß er durch eine Vierteldrehung dem Bademeister die rechte Seite zukehrt (sog. 1. Fechterstellung) und stellt das rechte Bein etwa einen Schritt vor. Das rechte Bein kehrt also dem Bademeister seine Außenfläche, das linke Bein seine Innenfläche zu. Man geht mit dem Blitzstrahl an der zugekehrten Außenseite des Beines hoch bis zum Gesäßmuskel, den man einige Male umkreist, und geht an der gleichen Stelle abwärts. An der Innenseite verfährt man in ähnlicher Weise mit abgeschwächtem Strahl, geht mit diesem bis etwas über den halben Oberschenkel und gleich an der Innenseite wieder abwärts. Dann volle Drehung, die linke Seite ist dem Bademeister zugekehrt (2. Fechterstellung), und dann wie bei 1. Fechterstellung.

Am Schluß folgt die Begießung der Fußsohlen und dann ein Sprühregen bis zum Gesäß, in dem sich der Patient einige Male herumdreht.

Rückenheißblitz

Dieser ist eine spezielle Form der Blitzgüsse, der sich in den letzten Jahren in der Behandlung von bestimmten Erkrankungen der Wirbelsäule und der Rückenmuskulatur eingebürgert hat. Er sollte nur auf ärztliche Verordnung von geschultem Personal verabfolgt werden.

Technik: Der Rückenheißblitz beginnt auf dem rechten großen Gesäßmuskel in der Art wie beim Rautenheißblitz (s. dort). Der heiße Strahl bearbeitet den rechten Gesäßmuskel, die Kreuz-Lendengegend und dann den linken Gesäßmuskel. Danach geht man mit dem Strahl von unten beginnend auf dem langen Rückenstrecker neben (nicht auf!) der Wirbelsäule hoch bis zur Nackengegend und wieder abwärts, wechselt auf den linken Rückenstrecker über, den man genauso bearbeitet. Dann beginnt man wieder auf dem großen Gesäßmuskel rechts und steigt in Tannenbaumform bis zur rechten Schulterhöhe und abwärts in umgekehrter Strichweise (s. Zeichnung). In der Nierengegend Strahl abschwächen. Auf der linken Seite des Rückens verfährt man genauso. Nach dieser Bearbeitung folgt in der Regel keine Kaltanwendung, aber Bettruhe von ca. 1 Stunde.

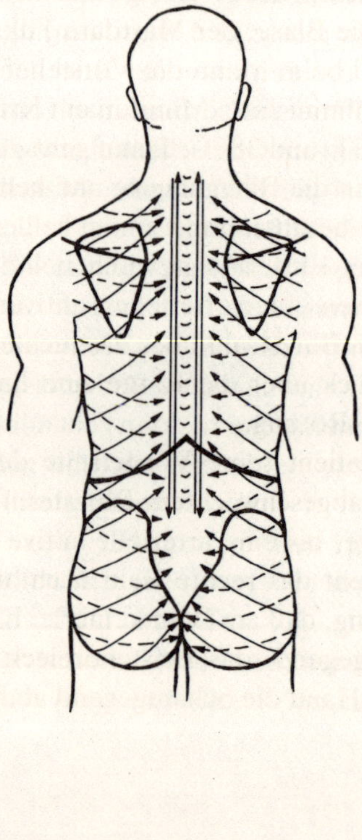

Der Rückenheißblitz

Segment- oder Blitzgußmassagebäder

Obwohl diese Bäder nur auf ärztliche Verordnung und nur vom geschulten Personal verabfolgt werden dürfen, sollen sie als hochdifferenzierte Wasseranwendungen auch dem Nichtarzt verständlich gemacht werden.

Diese Bäder beruhen auf der Tatsache, daß man von bestimmten Segmenten aus reflektorisch auf bestimmte Organe oder Organsysteme einwirken kann.

Unter Segmente oder Zonen (Head'sche Zonen) versteht man bestimmte Hautabschnitte, die zu bestimmten inneren Organen eine reflektorische Beziehung haben. So hat z. B. die Haut der Unterschenkel und Füße eine reflektorische Beziehung zu den Schleimhäuten des Nasenrachenraumes – daher bekommt man bei kalten, nassen Füßen leicht einen Schnupfen oder eine Angina. Die Haut der Unterarme hat eine reflektorische Beziehung zu den Organen des Brustraumes, d. h. also zu Herz und Lunge. Man kann somit über die Arme reflektorisch auf das Herz einwirken (Armbad) oder bei einem Asthmaanfall durch ein in der Temperatur ansteigendes Armbad den Anfall lösen usw.

Die typischen bisher erprobten Blitzguß-Massagebäder, die auf Segment- oder Zonenwirkung beruhen, bei denen ein Heißreiz mit einem mechanisch segmental einwirkenden gekoppelt wird, sind:

1. Blitzguß-Massage-Bad (BlMBd) »Raute«

Die Einwirkung bei diesem Bade erfolgt auf die Organe des kleinen Beckens. Diese sind: die Blase, der Mastdarm, die inneren weiblichen Geschlechtsorgane und beim Mann die Vorsteherdrüse.

Technik: Der Patient nimmt für 5 Minuten ein Kräuter-¾-Bad in einer Temperatur zwischen 37° und 38 °C. Dann geht der Patient nach Aussteigen aus dem Bade in die Blitzgußecke und kehrt dem Bademeister den Rücken zu. Dieser bearbeitet mit einem heißen Blitzstrahl, dessen Temperatur je nach der Entfernung zwischen 44° und 46 °C liegt, die Raute bis zum Auftreten einer arteriellen aktiven Hyperämie. Dann geht er mit dem heißen Blitzstrahl über das rechte Gesäß zum rechten Hüftknochen und zurück über die Raute zum linken Gesäß bis zum Auftreten einer hellen Rötung.

Darauf kehrt der Patient seine Vorderseite dem Bademeister zu. Dieser bearbeitet mit abgeschwächtem Blitzstrahl die beiden geraden Bauchmuskeln so lange, bis eine arterielle aktive Hyperämie auftritt, dann wendet der Patient das rechte Bein nach außen. Sodann wird, unter der Voraussetzung, daß am Bein keinerlei Krampfadern vorhanden sind, die Leistengegend, das Leistendreieck geblitzt, wobei der Patient mit der linken Hand die Schamgegend abdeckt. Nach Bearbeitung der rechten Leistengegend wird in gleicher Weise auch die linke Leistengegend mit abgeschwächtem Strahl bearbeitet.

Daraufhin geht der Patient wieder für 5 Minuten in das aufgewärmte Bad zurück (38° bis 39 °C), und der Vorgang wird wiederholt. Nach Durchführung des zweimaligen Segmentblitzes ist eine Bettruhe von mindestens zwei Stunden unabdingbar notwendig.

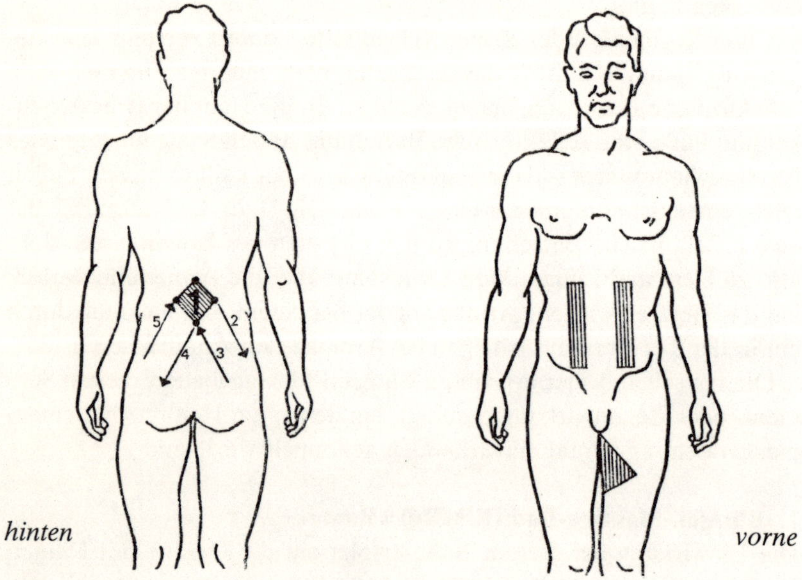

Blitzguß-Massage-Bad »Raute«

2. Blitzguß-Massage-Bad (BlMBd) »Leber-Galle«

Hier erfolgt über die entsprechende Reflexzone die Einwirkung auf die Leber und Gallenblase.

Technik: der Patient steigt für 5 Minuten in ein ¾-Kräuter-Bad. Danach geht er in die Blitzgußecke und kehrt dem Bademeister den Rücken zu. Mit dem heißen Blitzstrahl wird jetzt bei dem Patienten der rechte lange Rückenstrecker parallel neben der Wirbelsäule – nicht die Wirbelsäule selbst – etwa in Höhe des 6. bis 12. Brustwirbels bearbeitet (D6 bis D12; D = Dornfortsatz). Wenn in diesem Bereich eine arterielle aktive Hyperämie eingetreten ist, geht man auf das rechte Schulterblatt mit dem heißen Blitzstrahl über und von dort auf den rechten Oberarm einschließlich des Dreieckmuskels. Dann dreht der Patient dem Bademeister die rechte Seitenfläche und später sogar die rechte Bauchseite zu. Beide werden vom Rücken kommend mit abgeschwächtem Heißblitzstrahl bis zur Magengrube bearbeitet, wiederum bis zum Auftreten der hellen Rötung. Tritt diese nicht sogleich ein, wird in gleicher Weise, indem sich der Patient wieder in die Ausgangsstellung zurückdreht, nochmals geblitzt. Danach begibt sich der Patient wieder für 5 Minuten in das auf eine Temperatur von 38° bis 39 °C aufgewärmte Bad zurück. Nachdem er in diesem Bad 5 Minuten verweilt hat, wiederholt sich die Blitzguß-Massage. Danach 2 Stunden Bettruhe.

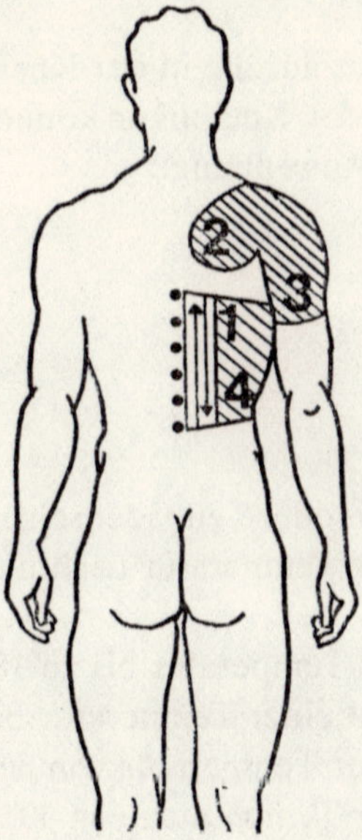

Blitzguß-Massage-Bad »Leber-Galle«

3. Blitzguß-Massage-Bad (BlMBd) »Magen, Zwölffingerdarm, Bauchspeicheldrüse«

Dieses in jedem Falle nur vom Arzt zu verordnende BlMBd wirkt entsprechend der Bezeichnung auf diese Organe ein und eignet sich auch zur Schmerzlinderung bei Magengeschwür, wenn keine Blutungsneigung besteht, und bei Diabetes mellitus, der Zuckerkrankheit, wenn diese leidlich kompensiert ist. Im letzteren Fall kann oft eine Senkung des Blutzuckers oder des Insulinbedarfs erreicht werden. Es müßte in einem solchen Fall etwa zwei- bis dreimal wöchentlich wiederholt werden.

Technik: Sie ist ähnlich wie bei dem Blitzguß-Massage-Bad »Leber-Galle«, nur wird in diesem Fall der lange gemeinsame Rückenstrecker in Höhe von Dornfortsatz 6 bis Dornfortsatz 12 (D6 bis D12) links neben der Wirbelsäule bearbeitet bis zum Auftreten einer arteriellen aktiven Hyperämie. Dann geht man mit abgeschwächtem Strahl in breitem Keil vom Rücken über die linke Brustkorbseite nach vorne bis zur Magengrube. In diesem Falle darf die Schulterblattgegend links nicht geblitzt werden, da diese ja die Herzzone darstellt und auf diese Weise unangenehme Herzsensationen ausgelöst werden können.

Bäder

An dieser Stelle wird nur auf die in der Kneipp-Behandlung üblichen Bäder eingegangen. In der Kneippkur kommen vorwiegend folgende Arten von Bädern zur Anwendung:

einfache Bäder,
Wechselbäder,
ansteigende Bäder,
absteigende Bäder.

Alle Arten können Ganz- oder Teilbäder sein und mit oder ohne Zusatz genommen werden. Der Temperatur nach unterscheiden wir:

kalte Bäder mit einer Temperatur bis zu 18 °C,
temperierte Bäder mit einer Temperatur bis zu 22 °C,
warme Bäder mit einer Temperatur von 36° bis 38 °C,
heiße Bäder mit einer Temperatur von 39° bis 45 °C, und
Spezialbäder bis zu 56 °C (Tauchbäder, modifiziertes Japanbad, Überwärmungsbad).

Einfache Bäder

Einfache Bäder sind solche, bei denen keine Temperaturveränderung beabsichtigt ist. Die Anfangstemperatur unterscheidet sich nicht wesentlich von der Endtemperatur.

Die hierunter fallenden bekanntesten Bäder sind das Vollbad, das Halbbad, das Sitzbad, das Armbad, das Fußbad, das Augenbad und andere kleinere Teilbäder.

Die Bäder dieser Gruppe können fast alle entweder kalt oder temperiert, warm oder heiß sein.

Kalte Bäder

Sehr häufig verordnet Kneipp in der Gruppe der einfachen Bäder die kalten. Für sie gelten alle Voraussetzungen und Bedingungen wie für jede kalte Anwendung.

Also: Vor jedem dieser Bäder muß der Patient selbst gut warm sein.

Die Anwendung muß, von seltenen Ausnahmefällen abgesehen, im geheizten Raum vor sich gehen. Kleine Anwendungen, die vom Bett aus erfolgen, dürfen auch im kalten Zimmer gemacht werden. In jedem Falle kleidet man sich rasch aus, nachdem die Vorbereitungen entweder bei den morgendlichen Bädern schon am Abend vorher oder durch eine Hilfsperson erfolgt sind. Macht man sie selbst, dann muß man warm bekleidet sein. Es ist, wie schon gesagt, grundfalsch, schon entkleidet herumzustehen oder seine Vorbereitungen nackt zu treffen.

Nach jeder kalten Anwendung muß unbedingt für Nacherwärmung gesorgt werden. Diese kann durch eine ausgiebige Bewegung, z. B. auf einem Spaziergang, oder in einem schon erwärmten Bett erfolgen. Abgetrocknet wird bis auf die behaarten Stellen auch bei diesen Bädern nicht. Durch Abstreichen des Wassers mit der flachen Hand wird dafür gesorgt, daß man nicht zu naß in die Kleider kommt.

Alle kalten Bäder dauern gewöhnlich nur wenige Sekunden, und auch hier gilt die Regel, daß bei Auftreten der Reaktion, also des Wärme- oder Schmerzgefühls und der Rötung der Haut, die Anwendung beendet wird.

Die Temperatur der kalten Bäder ist nicht höher als 18 °C. Gewöhnlich wird das Wasser so benutzt, wie es aus der Leitung kommt. Die beste Zeit für die Vornahme der kalten Bäder ist entweder morgens vom Bett aus oder ein bis zwei Stunden vor und frühestens zwei Stunden nach dem Essen. Im einzelnen richte man sich nach den Verordnungen des Arztes.

Temperierte Bäder

Von dem Standpunkt ausgehend, daß das kälteste Wasser zur Erzielung einer Reaktion das beste ist, werden die temperierten Anwendungen nur in ganz seltenen Fällen verordnet. Lieber nimmt man ein Bad kürzer als die übliche Zeit, dafür aber kalt.

Die Vorbedingungen bei den temperierten Bädern sind dieselben wie bei den kalten. Die Temperatur beträgt durchschnittlich 22 °C.

Warme Bäder

In der Kneippkur werden die warmen Bäder außer zu Reinigungszwekken meist nur mit bestimmten Zusätzen gegeben, die im Anschluß an die Besprechung der Bäder noch genannt werden. In den übrigen Fällen dienen sie zur Vorerwärmung für eine Kaltanwendung. Die Dauer dieser Bäder beträgt meistens etwa 10 bis 20 Minuten. Die Temperatur kann zwischen 36 und 38 °C schwanken. Wenn mit dem warmen Bad die Einleitung einer Schwitzprozedur beabsichtigt ist, folgt eine Trockenpackung hinterher bis zum Eintritt des Schweißausbruches. Ebenso wird bei zu Verkrampfung neigenden Menschen keine Kaltanwendung durchgeführt. Sonst folgt unmittelbar auf das warme Bad eine Kaltwassermaßnahme, entweder eine Waschung oder ein Abguß oder beides kombiniert, z. B. nach einem Vollbad ein Schenkelguß und eine Oberkörperwaschung. **Ausnahme:** wenn der Zusatz auf der Haut haften bleiben soll. Nach allen warmen größeren Bädern ist eine halbe bis eineinhalb Stunden Bettruhe notwendig. Abends werden warme Vollbäder nicht von allen Menschen vertragen, weil manche mit Schlaflosigkeit darauf reagieren.

Heiße Bäder

Bäder von 39 bis 45 °C werden in der Kneippkur nicht allzu häufig angewendet. In der Regel sollen sie nur auf ärztliche Verordnung hin genommen werden. Ihre Dauer ist etwa 10 bis höchstens 15 Minuten. Im allgemeinen gilt die Regel: Je heißer das Bad, um so kürzer. Im übrigen ist die Durchführung ähnlich wie bei den warmen Bädern.

Vollbad

Beim Vollbad taucht der ganze Körper bis zum Hals in das Wasser. Eine übliche Vollbadewanne faßt etwa 200 bis 300 Liter Wasser.

Das **kalte Vollbad** ist wohl einer der stärksten Eingriffe des Wasserheilverfahrens und wird sehr selten angewendet. Ohne Verordnung soll es nie genommen werden. Die Temperatur des Wassers soll bis zu 18 °C betragen und die Dauer des Bades ungefähr 3 bis 10 Sekunden. Man zählt von 21 bis 24 oder 30. Ehe man in das kalte Vollbad steigt, benetzt man Brust, Rücken und Stirn mit kaltem Wasser. Man geht ruhig und langsam hinein und rasch wieder hinaus. Hinterher sorgt man durch Bewegung oder Bettwärme für die notwendige Nacherwärmung.

Das **temperierte Vollbad** wird in der Praxis sehr selten durchgeführt. Die Voraussetzungen hierbei sind die gleichen wie beim kalten Vollbad. Die Temperatur beträgt ungefähr 22 °C, und die Dauer ist ungefähr 5 bis 10 Sekunden.

Das **warme Vollbad** wird meist nur als Reinigungsbad oder als Kräuterbad in der Kneippkur verabfolgt und stellt einen mittelstarken Reiz für den Organismus dar. Warme Vollbäder sollen nicht allzu häufig genommen werden, da sie verweichlichen. Die Temperatur beträgt 36 bis 38 °C, die Dauer ungefähr 10 bis 20 Minuten.

Hinterher ist eine kalte Anwendung, entweder Ganzwaschung oder Guß oder als Kombination Oberkörperwaschung und Schenkelguß erforderlich (**Ausnahmen** s. u. warme Bäder). Danach geht man am besten ins Bett zu einer Nachruhe von ½ bis 1 Stunde.

Das **heiße Vollbad** ist ein sehr starker Eingriff für den Körper und deshalb nicht ohne ärztliche Verordnung zu nehmen. Es gilt hier im wesentlichen dasselbe wie bei dem warmen Vollbad, aber die Temperatur liegt zwischen 39 und 45 °C. Für die Dauer gilt der Grundsatz: Je höher die Temperatur, um so kürzer das Bad. Im allgemeinen soll die Badedauer 12 Minuten nicht überschreiten oder in Abänderung als Schlenzbad nur nach genauer ärztlicher Angabe 1 bis 2 Stunden. Nach dem heißen Bad erfolgt ebenfalls eine Abwaschung oder ein Guß und danach Bettruhe.

Häufiger als Vollbäder werden 3/4- oder 2/3-Bäder verwendet (s. hydrostatischen Druck).

Teilbäder

Bei den Teilbädern tauchen nur bestimmte Körperteile ins Wasser. Sie sind daher nicht so eingreifende Maßnahmen wie die Vollbäder.

Halbbad

Bei diesem taucht der ganze Unterkörper einschließlich beider Beine ins Wasser, das bis zur Nabelhöhe reicht. Die benötigte Wassermenge beträgt ungefähr 100 Liter.

Das **kalte Halbbad** gehört zu den häufig verwendeten Maßnahmen und stellt einen mittelstarken Reiz dar. Die Voraussetzungen sind die gleichen wie bei jeder Kaltwasseranwendung. Man setzt sich entweder ruhig in das Bad hinein, oder man kniet sich im Anfang, wobei man sich mit dem Gesäß auf die Fersen setzt. Im Bad benetzt man die Herzgegend und den Rücken mit kaltem Wasser. Unter Umständen kann der Oberkörper auch bei dem kalten Halbbad bekleidet bleiben. Die Temperatur beträgt im allgemeinen bis zu 15 °C, die Dauer 6 bis 10 Sekunden. Nachher sorge man durch ausreichende Bewegung oder Bettruhe für die notwendige Nacherwärmung.

Das **temperierte Halbbad** wird praktisch sehr selten angewendet, und zwar aus denselben Gründen wie die anderen temperierten Bäder. Es gilt hierfür das gleiche wie für das kalte Halbbad, die Temperatur beträgt etwa 22 °C und die Dauer 6 bis 15 Sekunden.

Das **warme Halbbad** dient entweder nur zur Vorerwärmung für eine Kaltwassermaßnahme oder als Kräuterbad an Stelle des Kräutervollbades bei solchen Menschen, für die das Vollbad zu stark wirkt. Die Temperatur beträgt 36 bis 38 °C, die Dauer 10 bis 15 Minuten. Hinterher folgt eine Kaltwaschung des Unterkörpers oder ein Abguß (Schenkelguß oder Unterguß) und dann Bettruhe. (Keine Kaltanwendung bei Neigung zu Gefäß-, Blasen- oder Darmkrämpfen.)

Das **heiße Halbbad** ist in der Kneippkur auch eine seltene Anwendung. Es gelten hierbei die gleichen Bedingungen wie bei dem warmen Halbbad, nur stellt es eine eingreifendere Maßnahme dar als dieses. Die Temperatur beträgt 39 bis 45 °C, und es soll nicht länger als 12 Minuten dauern. Hinterher folgt wieder eine Kaltwaschung oder ein Guß und dann Bettruhe.

Sitzbad

Beim Sitzbad taucht nur ein Teil des Unterkörpers in das Wasser. Das Gesäß und der Leib bis zur Nabelhöhe sowie ein Teil der Oberschenkel sollen vom Wasser bedeckt sein, aber die Beine hängen aus der Wanne heraus. Am besten eignet sich eine normale Sitzbadewanne.

Das **kalte Sitzbad** ist eine außerordentlich häufig verordnete Anwendung des Kneippschen Systems und stellt in Bezug auf die Stärke der Wirkung eine leichte Form der Anwendung dar, die außer in bestimmten Krankheitsfällen fast von allen Menschen vertragen wird. Verboten ist es allerdings bei Unterleibs- und Blasenerkrankungen.

Die Voraussetzungen sind dieselben wie bei allen Kaltwasseranwendungen. Der Oberkörper kann bekleidet bleiben. Die Füße sollen auf einer warmen Unterlage ruhen und müssen selbstverständlich warm sein. Das Wasser wird gewöhnlich so genommen, wie es aus der Wasserleitung kommt, hat also eine Temperatur bis zu 18 °C, die Dauer ist 6 bis 10 Sekunden. Hinterher tupft man die behaarten Schamteile ab, sonst streicht man das Wasser mit der flachen Hand ab und sorgt für Nacherwärmung durch Bewegung oder Bettruhe.

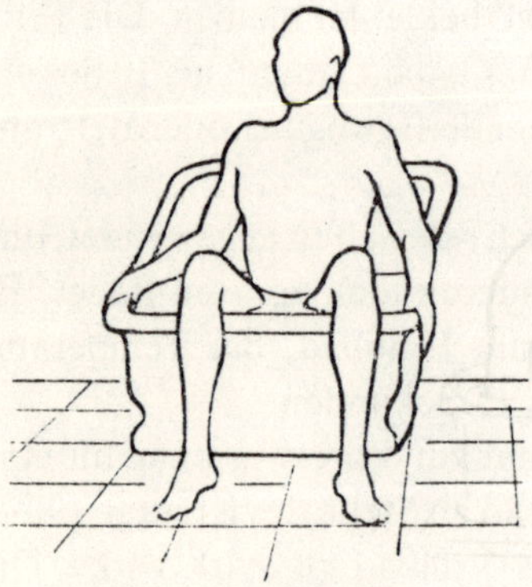

Das kalte Sitzbad

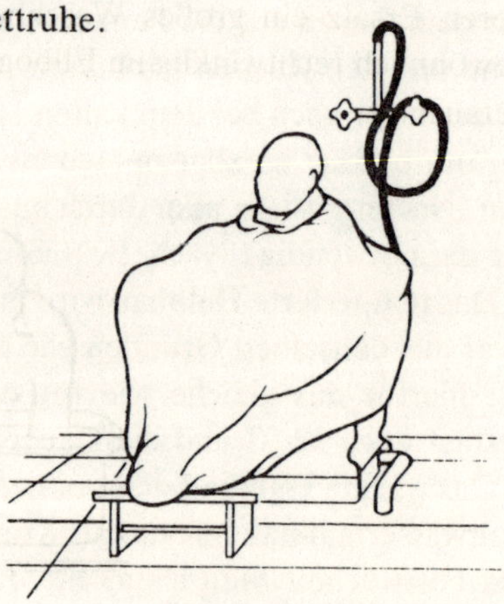

Das warme Sitzbad

Das **temperierte Sitzbad** ist wie die übrigen temperierten Anwendungen in der Kneippkur nicht häufig. Seine Temperatur liegt bei etwa 22 °C, seine Dauer ist 6 bis 15 Sekunden. Im übrigen gilt dasselbe wie beim kalten Sitzbad und den temperierten Bädern.

Das **warme Sitzbad** findet meist nur als Kräuterbad Verwendung. Seine Technik weicht etwas von der des kalten Sitzbades ab. Beim warmen Sitzbad wird der Patient mit einem großen Bettuch und einer oder zwei Wolldecken gut eingepackt. Die Füße läßt man am besten auf ein Fußbänkchen stellen und zieht sie in die Einpackung mit hinein. Damit die Tücher, die auch um den Oberkörper des Patienten gelegt werden, nicht ins Wasser fallen, legt man quer über die Wanne ein Brett, auf das der Patient auch seine Arme stützen kann. Die Tücher sollen bis auf den Boden reichen, und man muß auf jeden Fall im warmen Sitzbad am ganzen Körper warm bleiben. Die Temperatur beträgt im allgemeinen 36 bis 38 °C oder höher (Wärmeverlust beachten) und die Dauer 10 bis 20 Minuten. Hinterher folgt eine kalte Anwendung in Form einer Waschung des Unterkörpers oder ein Unterguß, eventuell auch ein kurzes kaltes Bad.

Das **heiße Sitzbad** wird wie alle heißen Bäder nur selten verordnet. Seine Temperatur beträgt 39 bis 45 °C, und es soll, wie bei dem heißen Halbbad, nicht länger als 12 Minuten dauern. Hinterher folgt in der Regel – außer bei Blasenerkrankungen – eine Kaltanwendung wie beim warmen Sitzbad.

Armbad

Bei diesem Bad tauchen beide Arme bis zum halben Oberarm ins Wasser. Als Gefäß kommt hierbei die richtige Armbadewanne oder als deren Ersatz ein großes Waschbecken in Frage. Die Arme werden gewöhnlich rechtwinklig im Ellbogengelenk gebeugt und so ins Wasser getaucht.

Das Armbad

Das **kalte Armbad** ist eine sehr häufig verordnete Anwendung in der Kneippkur und stellt der Stärke nach einen leichten Reiz dar. Außer bei bestimmten Herzkrankheiten und Hauterkrankungen kann es von fast allen Menschen genommen werden. Die Voraussetzungen für das kalte Armbad sind wieder die gleichen wie bei allen Kaltwasseranwendungen. Man gehe also niemals mit kalten Händen ins kalte Armbad.

Die Technik des kalten Armbades ist recht einfach. Man taucht beide Arme ein und sorgt dafür, daß das Wasser bis zum halben Oberarm alles bedeckt. Nach dem Bad wird das Wasser mit der Hand abgestreift und durch leichtes Schwingen der Arme die Nacherwärmung erreicht. Die Temperatur beträgt bis zu 18 °C, die Dauer 15 bis 30 Sekunden.

Das **temperierte Armbad** kommt wie alle temperierten Anwendungen nur unter bestimmten Voraussetzungen vor. Die Temperatur beträgt etwa 22 °C.

Das **warme Armbad** wird meist nur als Kräuterbad oder nur bei bestimmten Erkrankungen des Herzens oder des Kreislaufes durchgeführt. Über etwaige Besonderheiten entscheidet der Arzt. Die Temperatur beträgt 36 bis 38 °C, die Dauer 5 bis 10 Minuten. Hinterher folgt eine Kaltanwendung, wenn der Arzt es anordnet, oder es wird abgetrocknet.

Für das **heiße Armbad** gilt, abgesehen von der Temperatur, die 39 bis 45 °C beträgt, dasselbe wie für das warme Armbad.

Fußbad

Beim Fußbad tauchen beide Beine bis etwa oberhalb der Waden ins Wasser. Es eignen sich als Gefäße die eigens hierfür hergestellten Fußwannen oder im Notfall auch Eimer und andere passende Gefäße. Beachtet werden soll aber in jedem Fall, daß das Wasser möglichst hoch, mindestens bis zu den Waden reicht.

Das **kalte Fußbad** ist eine in der Kneippkur sehr häufige Anwendung und, was die Stärke anbetrifft, ein mittelstarker Reiz für den Körper. Die Voraussetzungen sind die gleichen wie bei allen Kaltwasseranwendungen; also nie mit kalten Füßen ins kalte Wasser!

Die Technik ergibt sich beim Fußbad von selbst. Die Temperatur beträgt bis zu 18 °C, die Dauer etwa 15 bis 60 Sekunden, je nach dem Auftreten der Reaktion. Hinterher streift man das Wasser ab und sorgt durch Bewegung für Nacherwärmung.

Das **temperierte Fußbad** kommt relativ selten zur Anwendung, und es gelten dieselben Vorbedingungen wie beim kalten. Die Temperatur liegt bei etwa 22 °C, die Dauer ist 30 bis 60 Sekunden. Nach der Anwendung verhält man sich wie beim kalten Fußbad.

Das **warme Fußbad** wird, wie das warme Armbad, meist nur mit einem Zusatz von Salz oder Holzasche (in jedem Fall etwa 2 Doppelhände voll) oder mit entsprechenden Mengen eines Kräuterextraktes verabfolgt. In den übrigen Fällen dient es zur Vorerwärmung für eine Kaltanwendung. (Bei *Krampfadern* sind warme Fußbäder nicht angebracht.)

Die Temperatur beträgt 36 bis 38 °C, die Dauer 5 bis 10 Minuten. Hinterher erfolgt als kalte Anwendung ein kaltes Fußbad oder ein Knieguß.

Das **heiße Fußbad** kommt bei Kneipp nicht so selten vor wie die übrigen heißen Bäder, doch soll es nur auf ärztliche Verordnung hin genommen werden. Im übrigen gilt dasselbe wie beim warmen Fußbad.

Die Temperatur beträgt 39 bis 45 °C, die Dauer, je nach der Höhe der Temperatur, etwa 5 bis 10 Minuten. Das Verhalten nach dem Bad ist das gleiche wie beim warmen Fußbad.

Augenbad

Beim Augenbad taucht man das Gesicht in eine Schüssel mit Wasser, öffnet dabei die Augen für einige Sekunden, hebt das Gesicht wieder aus der Schüssel heraus, wartet einige Augenblicke und taucht erneut wieder ein. Dieses Eintauchen und Herausheben des Gesichtes kann etwa drei- bis viermal wiederholt werden.

In Anwendung kommen nur das kalte und das warme Augenbad. Über das **kalte Augenbad** ist nichts besonders zu bemerken.

Die **warmen Augenbäder** werden meist nur mit Zusätzen verabfolgt. Als solche kommen dünne Abkochungen von Kamille, Fenchel, Augentrost oder auch manchmal von Zinnkraut und Wermut in Frage.

Die Temperatur des Wassers soll zwischen 32 und 36 °C liegen. Man gewöhne aber die Augen erst langsam an das warme Wasser. Bei allen Augenleiden darf man jedoch die Bäder, insbesondere die warmen, nie ohne ärztliche Verordnung nehmen.

Wechselbäder

Wechselbäder sind solche, bei denen auf ein länger dauerndes, warmes oder heißes Bad ein kürzeres kaltes folgt. Fast alle Bäder können als Wechselbäder verabfolgt werden. Gebräuchlich sind aber im allgemeinen das Wechselfußbad, das Wechselarmbad und das Wechselsitzbad. Die Temperatur beim Wechselbad beträgt im allgemeinen für das warme 36 bis 38 °C, für das kalte ca. 15 °C. Die Dauer des warmen Bades ist gewöhnlich 5 bis 10 Minuten bei einmaligem Wechsel, bei zweimaligem und mehrmaligem Wechsel ca. 5 Minuten, die des kalten 5 bis zu 30 bis 60 Sekunden. Der Wechsel erfolgt vom warmen oder heißen Bad unmittelbar zum kalten und kann sich etwa zwei- bis dreimal, selten häufiger, wiederholen. Damit während dieser Zeit das warme Bad nicht abkühlt, gibt man hin und wieder etwas heißes Wasser zu. Die Kaltanwendung ist immer die letzte.

Ausnahme: Bei ausgesprochenen Gefäßkrämpfen (Angiospasmen), Blasen- und Darmkrämpfen geht man zum Schluß für 5 Minuten in das warme Wasser zurück.

Nach den Wechselbädern trocknet man sich im allgemeinen nicht ab, außer die behaarten Stellen, sondern streift nur das auf der Haut stehende Wasser mit der flachen Hand ab wie nach den kalten Anwendungen. In jedem Fall muß man auch hier für die entsprechende Nacherwärmung durch Bewegung oder Bettruhe sorgen.

Wechselbäder sind ein vorzügliches Übungsmittel für den Kreislauf und für das Herz. Sie sollten aber bei Kranken nicht ohne ärztliche Verordnung durchgeführt werden.

Das warme Bad kann auch mit Zusätzen versehen werden. Über Menge und Zubereitung von Badezusätzen wird später gesondert gesprochen.

Wechselarmbad. Man richtet zwei Gefäße her, das eine mit warmem Wasser von 36 bis 38 °C, je nach persönlichem Wohlbefinden, das andere mit kaltem, brunnenfrischem Wasser von einer Temperatur i. d. R. nicht über 15 °C. Um das warme Wasser vor Abkühlung während des Bades zu schützen, gießt man heißes Wasser zu, während sich die Arme gerade im kalten befinden. Im warmen Bad läßt man die Arme 5, bei einmaligem Wechsel bis 10 Minuten, im kalten 5 bis zu 30 bis 60 Sekunden. Die letzte Anwendung ist i. d. R. die kalte.

Ausnahme: Auftreten von Gefäß- oder Herzkrämpfen, dann wieder warmes Armbad 5 Minuten.

Man trocknet die Arme nicht ab und sorgt durch Bewegung und Schwingen für Nacherwärmung. Der Wechsel erfolgt zwei- bis dreimal, nicht öfter.

Das Wechselfußbad entspricht in seiner Ausführung genau dem Wechselarmbad. Man richtet zwei Gefäße her, von denen jedes so viel Wasser faßt, daß beim gleichzeitigen Eintauchen beider Beine in jedem Gefäß das Wasser bis zu den Waden oder etwas darüber hinausreicht. Es eignen sich zwei Fußbadewannen oder zwei Eimer von entsprechendem Fassungsvermögen.

In das eine Gefäß kommt Wasser mit einer Temperatur von 36 bis 38 °C, je nachdem, was der Patient als angenehm warm empfindet, in das andere kommt Wasser aus der Leitung.

Das Wechselfußbad

Auch beim Wechselfußbad schützt man das heiße Wasser vor Abkühlung. Erst wenn alle Vorkehrungen getroffen sind, zieht man sich Schuhe und Strümpfe aus und taucht beide Beine zugleich in das warme oder heiße Wasser. Die Füße und Beine werden in 5, bei einmaligem Wechsel bis 10 Minuten gut durchgewärmt, dann wechselt man zum kalten und läßt beide Beine 5 bis zu 30 (bis 60) Sekunden darin. Auch hier kann der Wechsel zwei- bis dreimal erfolgen, aber die letzte Anwendung muß in der Regel die kalte sein, bei Gefäßkrämpfen ist die warme die letzte. Für Nacherwärmung kann man durch Bewegung oder auch durch Bettruhe sorgen. Abänderung bei **Krampfadern**: 3 Minuten 36 bis 38°, 1 Minute 16 °C.

Wechselsitzbad. Man benötigt zwei Sitzbadewannen. Beim warmen Sitzbad, das eine Temperatur von 36 bis 38 °C hat und 5 bis 10 Minuten dauert, wird wie beim einfachen warmen Sitzbad der Oberkörper gut mit einem Leinentuch und ein oder zwei Wolldecken eingepackt. Die Tücher reichen bis zum Boden, und die Füße ruhen warm und gut eingewickelt auf einem Fußbänkchen. Das kalte Sitzbad hat eine Temperatur bis 15 °C und dauert 5 bis 30 Sekunden.

Im übrigen wird auch hier wie beim Wechselfußbad verfahren.

Schema des Wechselsitzbades: 5, bei einmaligem Wechsel bis 10 Minuten warmes oder heißes Sitzbad, 36 bis 38 °C, – Körper gut eingepackt –, 5 bis zu 30 bis 60 Sekunden kaltes Sitzbad, ein oder zwei- bis dreimal wechseln.

Abgetrocknet wird die behaarte Schamgegend, sonst wird das Wasser nur abgestreift. Sehr wichtig ist, daß die notwendige Nacherwärmung nicht versäumt wird. Je nach dem Zustand des Patienten wird sie durch Bettruhe im warmen Bett oder durch rasche Bewegung erreicht.

Spezielle Bäder

Ansteigende Bäder

Die ansteigenden Bäder sind keine typischen Anwendungen der Kneippkur und sind von Kneipp nur sehr selten verordnet worden. Aufgrund von heute vorliegenden gesicherten wissenschaftlichen Erkenntnissen, die sich in der Praxis immer bewährt haben, müssen wir aber in den ansteigenden Bädern wertvolle Maßnahmen zur Unterstützung und Anregung von Heilvorgängen im Organismus erblicken, so daß wir diese Form der Bäder in den Heilschatz der Kneippkur einbeziehen können.

Die ansteigenden Bäder bewirken im wesentlichen eine Anregung des Blutumlaufes, besonders im venösen Anteil, d. h. sie beschleunigen die Rückführung des Blutes zum rechten Herzen. Es wird dadurch dem rechten Herzen ein Mehr an Blut angeboten, das bedeutet auch zunächst eine größere Belastung des rechten Herzens. Wenn dieses krank ist, ist besondere Vorsicht notwendig. Darum bei Herzkranken ansteigende Teilbäder (Vollbäder kommen nicht in Frage) nur auf genaue ärztliche Verordnung. Sie stellen immer, auch bei den Teilanwendungen, in deren Form sie meist verabfolgt werden, starke Eingriffe dar.

Unter ansteigenden Bädern versteht man solche, deren Temperatur nach und nach von 35 bis 37 °C im Anfang langsam auf 40 bis 42 bis 44 °C und selten darüber hinaus gesteigert wird. Die Steigerung erfolgt dadurch, daß man heißes Wasser vorsichtig und so langsam nachfließen läßt, daß der Badende nicht das Gefühl einer plötzlichen Hitze bekommt. Auf der Endtemperatur wird dann einige Minuten verharrt. Die Mindestdauer eines ansteigenden Bades beträgt etwa 25 Minuten. Eine Dauer von 40 Minuten und darüber ist aber durchaus nicht selten. Im einzelnen Fall entscheidet der Arzt.

In den letzten Jahren ist auch eine Abänderung dieser klassischen Form der ansteigenden Bäder (nach *Schweninger-Hauffe*) vorgenommen worden. Man hat die Zeitdauer des Temperaturanstieges wesentlich verkürzt (auf 8 bis 15 Minuten) und badet bei Arm- und Fußbädern oft nur einen Arm oder nur einen Unterschenkel. Diese Abänderungen müssen aber vom Arzt besonders angegeben werden. Die verkürzten ansteigenden Anwendungen verstärken besonders den arteriellen Zufluß zum Gewebe.

Ansteigende Bäder werden auch häufig mit Zusätzen verordnet. Für diese gilt, was Menge und Zubereitung betrifft, das unter »Badezusätze« angegebene.

Bei Auftreten von Angstgefühlen, Beklemmung oder Schwindelzuständen muß man die Anwendung sofort unterbrechen und den Patienten in Ruhelage bringen. Bei blaurotem Kopf lege man diesen erhöht, bei blasser Farbe tief und mache ihm kalte Kompressen auf die Stirn und das Herz.

Bei den größeren, selten verordneten, ansteigenden Teilbädern wird der Patient dem Bad entsprechend eingepackt, damit eine Abkühlung der nicht vom Wasser bedeckten Körperteile vermieden wird und sich eventuell ein Schweißausbruch einstellt. Nach den ansteigenden Bädern folgt in der Regel keine Kaltanwendung. Der Gebadete wird vielmehr sehr gut eingepackt und bleibt mindestens 1 Stunde gut zugedeckt liegen. Häufig ist ein Nachschwitzen erwünscht, worüber der Arzt entscheidet. Dann verwendet man eine Trockenpackung, die meistens in Form der Dreiviertel- oder Ganzpackung angelegt wird, bis zur Erzielung des Schweißausbruches. Nach der Ruhezeit kann eine temperierte (ca. 28 bis 34 °C) Ganzwaschung gemacht werden.

Die gebräuchlichsten ansteigenden Bäder sind das ansteigende Armbad, das Fußbad und das Halbbad, deren Besprechung kurz folgen soll.

Ansteigendes Armbad: Man taucht beide Arme wie bei den üblichen Armbädern in Wasser von 35 bis 37 °C. Durch Zufließenlassen von heißem Wasser wird die Temperatur langsam im Verlauf von mindestens 25 Minuten auf 40 bis 42 °C gesteigert. Da diese Anwendungen besonders bei bestimmten Herz- und Gefäßkrankheiten verordnet werden, ist eine erhöhte Vorsicht notwendig. So muß u. a. die Armbadewanne so gestellt sein, daß der Patient, ohne sich viel bücken zu müssen, bequem beide Arme eintauchen kann, oder man badet nur einen Arm, am besten den rechten. Alles, was den Blutumlauf irgendwie behindern könnte, muß vermieden werden. Nach dem ansteigenden Armbad folgt im allgemeinen Bettruhe, selten Bewegung. Über einzelne Abänderungen entscheidet der Arzt. (Siehe auch die allgemeinen Bemerkungen über ansteigende Bäder, insbesondere auch über die verkürzt ansteigenden). Eine Abmilderung dieses Bades ist das sonst in gleicher Weise durchzuführende ansteigende **Handbad**, bei dem nur die beiden Hände bis über die Knöchel ins Wasser tauchen.

Ansteigendes Fußbad: Beide Beine werden bis über die Waden in eine Fußbadewanne eingetaucht, die Wasser mit einer Anfangstemperatur von 35 bis 37 °C enthält. Unter dauerndem Messen wird die Temperatur im Verlauf von mindestens 25 Minuten auf 40 bis 45 °C gesteigert. Je höher die Temperatur liegt, desto länger braucht man bis zur Erreichung der Höchsttemperatur. Auf dieser verweilt man dann noch etwa 5 Minuten. Man nimmt die Füße heraus, trocknet schnell ab und geht ins Bett oder – seltener – sorgt durch rasche Bewegung dafür, daß die Füße warm bleiben.

Ansteigendes Sitzbad: Der Badende wird sehr sorgfältig eingepackt wie beim warmen Sitzbad. Im übrigen verhält man sich wie bei allen anderen ansteigenden Bädern. Die Temperatur beträgt ebenfalls 35 bis 37 °C im Anfang, wird aber meistens nur bis auf 42 °C in 25 Minuten gesteigert. Das ansteigende Sitzbad ist eine starke Anwendung und darf nicht ohne ärztliche Verordnung genommen werden.

Ansteigendes Halbbad: Der Badende wird, wenn vom Arzt nicht anders verordnet, so eingepackt, daß ein großes Leinentuch und eine oder zwei Wolldecken über die Wanne gelegt werden, so daß nur Hals und Kopf aus dieser Umhüllung herausragen. Die Technik ist im übrigen die gleiche wie bei den anderen ansteigenden Bädern.

Begonnen wird mit einer Temperatur von 35 bis 37 °C, die bis auf höchstens 42 °C, selten höher, in 25 bis 40 Minuten gesteigert wird. Das ansteigende Halbbad ist eine sehr starke Anwendung und wird meist als Schwitzmaßnahme durchgeführt. Ohne ärztliche Verordnung soll es nicht genommen werden. Hinterher ist immer Bettruhe erforderlich. Nachschwitzen durch anschließende Trockenpackung verordnet der Arzt.

Absteigende Bäder

Die heute häufiger als früher verwendeten absteigenden Bäder sind in der Zeitdauer relativ kurz. Man senkt die Wassertemperatur bei den kalten Bädern in etwa 2 bis 3 Minuten um 6 °C, bei Bädern mit einer Anfangstemperatur von 36 °C oder höher in 10 Minuten bis auf 22 °C oder 18 bis 12 °C.

Während des absteigenden Bades übergießt man bei den Halbbädern Brust und Rücken, und man frottiert mit beiden Händen Rücken, Brust und Arme oder man bürstet besonders den Rücken mit ein oder zwei Bürsten in Längs- und Querstrichen. Dann spricht man vom **Bürstenbad**.

Tauchbäder

Tauchbäder sind kurzdauernde extreme Heiß-Teilanwendungen mit dem Ziel, einen Hitzeschock in dem behandelten Körperteil auszulösen. Sie sind für den Hausgebrauch nicht geeignet. Man taucht das betreffende Glied (meist Fuß, Arm oder Hand) in heißes Wasser mit Kräuterzusatz. Im allgemeinen gehen den Tauchbädern zur Gewöhnung an 3 bis 5 Tagen vorher ansteigende Teilbäder mit Kräuterzusatz in einem Temperaturanstieg bis 44 °C (innerhalb von 20 bis 30 Minuten) voraus.

Das eigentliche Tauchteilbad beginnt mit einer Temperatur von

46 °C. Man taucht das betreffende Glied zuerst 10, 15, später 20 und am Schluß der Anwendungsserie 30mal in das Wasser bis auf den Boden des Gefäßes und zieht es jedesmal sofort wieder heraus, wartet einige Sekunden und wiederholt das Eintauchen. Bei den weiteren Tauchbädern (gewöhnlich zwei am Tage) wird die Temperatur um je 2 °C gesteigert, wenn bei der jeweiligen Temperaturhöhe ein Eintauchen von dreißigmal erreicht wurde. Gesteigert wird bis auf eine Höchsttemperatur von 54 °C. Tauchbäder dürfen nur auf ärztliche Verordnung verabfolgt werden.

Modifiziertes Japanisches Bad

Es gehört zu den Heißanwendungen und wird in verschiedenen Modifikationen durchgeführt. In der Regel ist es ein Kräuter-Halb- seltener bis -Zweidrittelbad. Temperatur 41 – 43 – 45 – 47 °C. Vor diesem Bad braust man sich heiß ab (Dauer des Bades selbst: 3 bis 5 Minuten) oder, falls man vorher nicht abbrausen konnte, übergießt man sich im Bad mit einer Schöpfkelle den Oberkörper. Zunächst sitzt man nur, Hände und Unterarme werden aufgestützt und mit eingetaucht. Zuletzt lehnt man sich langsam zurück und schaufelt das Wasser mit den Händen oder einer Schöpfkelle über den Oberkörper, so daß der ganze Körper mit heißem Wasser überspült wird. Nach dem Abtrocknen werden 1 bis 2 Stunden Bettruhe eingehalten. Kranke dürfen das Bad nie ohne ärztliche Verordnung nehmen.

Badezusätze

Badezusätze werden in der Kneippkur verwendet, um eine stärkere und länger andauernde Wirkung zu erzielen oder um die Wirkung schon bei niedrigeren Temperaturen zu erreichen. In einzelnen Fällen sollen auch bestimmte Zusätze, insbesondere von Heilkräutern, ganz bestimmte Heilwirkungen auslösen. Badezusätze finden vorwiegend bei warmen Bädern Verwendung. Es kommen in Frage: Heublumen, Haferstroh, Fichtenextrakt, Zinnkraut, Kamille, Kalmuswurzel, Walnußblätter, Pfefferminz- und Eukalyptusöl, Feldkümmel und viele andere Kräuter. Zur Schonung der Haut verwendet man neuerdings auch gern Molke, die konzentriert badefertig geliefert wird. Daneben kommen besonders bei Teilbädern noch Salz, Senf, Eichenrinde, Kleie und Naturmoorlauge zur Verwendung. Die gebräuchlichsten Badezusätze sind heute gebrauchsfertig als naturreine Extrakte oder Öle (Ersatz lehne man ab) zu kaufen. Sie werden wie folgt zubereitet.

Heublumen. Unter Heublumen versteht man die Ablagerungen und Abfälle des Heues.

Zubereitung: Man setzt die Heublumen mit kaltem Wasser an, bringt dieses langsam zum Kochen und läßt sie etwa 30 Minuten sieden. Dann siebt man sie durch oder preßt sie durch ein Tuch und gibt den gewonnenen Absud dem Badewasser zu. Um dieses Durchsieben zu sparen, kann man die notwendige Menge Heublumen auch gleich in einen fertigen Sack bringen und diesen zum Kochen ins Wasser legen.

Die Menge beträgt für ein Vollbad etwa 1½ bis 2 Pfund. Für die Teilbäder wird entsprechend weniger genommen, z. B. für ein Halbbad 1 Pfund, für ein Sitzbad etwa ½ Pfund, für ein Fußbad 3 und 4 Handvoll.

Bei den käuflichen naturreinen Extrakten oder Ölen ist die Dosierung jeweils angegeben.

Haferstroh. Hierunter versteht man das gehäckselte Stroh des Hafers. Die Zubereitung ist dieselbe wie bei den Heublumen. Die Kochdauer beträgt aber fast eine Stunde. Auch hier kann man einen natürlich zubereiteten Extrakt kaufen.

Fichtenextrakt. Er besteht aus einem Extrakt der Nadelhölzer. Wohl nur in den wenigsten Fällen wird man die Fichtennadeln, Fichtenreiser und Fichtenzapfen selbst kochen. Als Badezusatz kommen nur der flüssige, garantiert reine Extrakt oder das Latschenkieferöl oder ähnliche gute Präparate zur Anwendung. Die üblichen billigen Tabletten und Pulver werden von uns nicht anerkannt.

Zinnkraut. Dieses recht häufig vorkommende Unkraut wird meist zu Teilbädern genommen.

Zubereitung: Die entsprechende Menge wird kalt angesetzt, eine halbe Stunde gekocht und dann dem Badewasser zugegeben. Die Menge des notwendigen Zinnkrautes beträgt für das Vollbad etwa 1½ Pfund, für das Halbbad ¾ Pfund, für das Sitzbad ½ Pfund und für das Fußbad ¼ Pfund. Bei den übrigen Bädern nimmt man entsprechend weniger. Auch hierfür gibt es gute fertige Extrakte.

Kamille wird häufig bei Teilanwendungen gebraucht. Sie eignet sich besonders bei eitrigen Hauterkrankungen. Da sie sehr teuer ist, kommt als vollwertiger Badeersatz die Schafgarbe in Frage.

Von Kamille gibt es einen sehr guten Extrakt, den man je nach Vorschrift verwendet.

Kalmuswurzel kann auch als fertiger Extrakt gekauft werden. Sonst benutzt man eine Abkochung der Wurzel und des Krautes. Beides wird zerkleinert und kalt angesetzt und etwa ½ Stunde gekocht. Die Menge für ein Vollbad beträgt ½ Pfund oder 2 bis 3 Eßlöffel des Extraktes oder der fertigen Tinktur. Für ein Halbbad rechnet man die Hälfte, für ein Sitzbad ein Drittel und für ein Fußbad ein Viertel, für andere Bäder entsprechend.

Die übrigen Heilkräuter als Badezusätze verhalten sich in ihrer Anwendung und Zubereitung ähnlich wie die schon genannten.

Die meist nur für Teilbäder verwendete **Eichenrinde** wird einige Stunden kalt angesetzt und etwa ¾ Stunde gekocht. Die Menge für ein Sitzbad beträgt etwa ½ Pfund, für ein Fußbad 2 bis 3 Handvoll. Bei der Verwendung von Eichenrinde werden Badegefäße, besonders die aus Zink, stark angegriffen. Ebenso bekommt die Wäsche schwer entfernbare Flecken.

Vom **Pfefferminz-** und **Eukalyptusöl** werden meist bei gleichzeitiger Verwendung beider je 30 Tropfen in wasserlöslicher Form dem Vollbad zugegeben oder von fertigen Badepräparaten je nach Angabe.

Das **Salz** als Badezusatz wird ohne weitere Behandlung dem Badewasser zugesetzt. Es wird verhältnismäßig oft verwendet. Für ein Vollbad rechnet man 4 Pfund, für ein Halbbad 2 Pfund, für ein Sitzbad etwa 1 Pfund, für ein Fußbad ½ Pfund, für kleinere Teilbäder entsprechend weniger.

Senfmehl kommt nur bei Teilbädern zur Erzielung einer starken Hautreaktion in Anwendung.

Zubereitung (s. auch unter Wickel): Das Senfmehl wird mit kaltem Wasser dickbreiig angerührt, eine Weile stehengelassen und dann mit heißem Wasser von etwa 50 °C übergossen und zu einem Brei verrührt, dem Badewasser zugesetzt. Beim Auftreten eines starken Brennens gilt das Bad als beendet. Eine warme Waschung entfernt die etwa noch haftengebliebenen Senfkörnchen. Man rechnet etwa 2 bis 3 Eßlöffel auf ein Fuß- oder Armbad, bei den übrigen Teilbädern entsprechend weniger.

Asche. Im Gebrauch ist meist nur die Holzasche, die bei manchen Teilbädern als Badezusatz verwendet wird. Häufig wird sie mit anderen Badezusätzen zusammengegeben. Man gibt auf ein Fußbad z. B. 2 bis 3 gute Doppelhände voll.

Kleie wird als Badezusatz fast nur dann angewendet, wenn es gilt, die Reizwirkung des Wassers herabzusetzen, z. B. bei vielen Hautentzündungen. Verwendung findet meist die Weizenkleie, die kalt angesetzt, nur wenig gekocht und dann dem Badewasser beigegeben wird. Für ein Vollbad rechnet man 3 Pfund Kleie, für die Teilbäder entsprechend weniger.

Ähnlich hautschonend, aber weniger austrocknend wirkt die **Molke**. Sie wird in Form eines Badepulvers evtl. mit einem »Rückfetter« angeboten.

Moorlauge. Zur Behandlung von vorwiegend rheumatischen Erkrankungen hat sich auch der Extrakt aus Moor, die sogenannte »Moorlauge«, bestens bewährt. Dieser Extrakt ersetzt bis zu einem hohen Grad das Naturmoorbad. Man nimmt hiervon nach den angegebenen Vorschriften.

Gemischte Badezusätze. Bei manchen Bädern werden verschiedenartige Zusätze gemeinsam gegeben, doch darf man nicht wahllos mischen. Die hauptsächlichsten und am häufigsten verwendeten Mischungen sind:

1. Heublumen und Haferstroh zu gleichen Teilen.
2. Fichtenextrakt mit Salz. Zur Verstärkung der Fichtenwirkung gibt man dem Vollbad etwa 2 Pfund Kochsalz zu.
3. Kalmus- und Walnußblätter zu gleichen Teilen.
4. Holzasche mit Salz im gleichen Mengenverhältnis.

Im übrigen halte man sich an die Verordnungen des Arztes.

Dämpfe

Bei Dämpfen im Sinne Kneipps wird Wasser in Form des Dampfes auf einzelne Teile des Körpers oder, wie beim Volldampf, auf den ganzen Körper geleitet. Charakteristisch für die Kneippschen Dämpfe ist, daß diese mit einfachen Behelfsmitteln herstellbar sind. Teildämpfe sind besonders für Kranke geeignet, sie lassen sich auch im Haushalt durchführen. Dampfduschanwendungen setzen eine entsprechende Apparatur voraus. Sie werden besonders gebraucht zur Einwirkung auf verhärtete Muskel- und Bindegewebe.

Die Dauer der Dampfanwendungen beträgt gewöhnlich 15 bis 20 Minuten. Nach allen Dampfanwendungen folgt nach einem Nachdünsten von ca. 30 bis 60 Minuten eine kühle Nachanwendung, Waschung oder Abgießung. Man geht am besten zuerst nach dem Dampf ins Bett. Wem das nicht möglich ist, sollte sich noch mindestens eine halbe Stunde in den Baderäumen aufhalten, bevor er ins Freie geht. Bei Volldämpfen ist natürlich die Leistungsfähigkeit des Kreislaufs zu beachten.

Kopfdampf (Kd)

Ein mehr breiter als hoher Topf mit Kräuterabsud (Kamille, Salbei, Heublumen) wird auf einen Hocker oder Stuhl gestellt. Der Kranke setzt sich davor, hält die Hände auf den Hockerrand. Dann wird er mit einem Leinentuch und einer Wolldecke dicht überdeckt. Das Zurückschieben des Topfdeckels zwecks Freigabe des Dampfes überläßt man am besten dem Patienten. Man kann auch über die Öffnung noch ein Handtuch legen, das der Patient je nach Empfindlichkeit lüftet.

Damit der Patient nicht bei Schwächezuständen mit dem Gesicht in den Topf mit heißem Wasser fällt, legt man auf diesen einen Latten-, nicht Metallrost, oder eine ähnliche Schutzvorrichtung.

Fußdampf (Fd)
Man breitet auf einem Stuhl Wolldecke und Badelaken aus, der Patient setzt sich mit entblößtem Unterkörper darauf. Als Dampfquelle benutzt man das gleiche Gefäß wie beim Kopfdampf. Feste Eindeckung ringsum ist notwendig, nachdem der Patient seine Füße auf einen Holzrost über der Deckelöffnung aufgesetzt hat.

Unterleibs- oder Gesäßdampf (Ud)
Zur Benutzung eignet sich ein Leibstuhl oder ein Stuhl mit durchlöchertem Sitz. Zu achten ist darauf, daß der Patient nicht unmittelbar auf dem Stuhl sitzt, sondern daß ihm ein gefaltetes Handtuch ringsum oder ein Gummiring untergeschoben wird. Ansonsten verfährt man wie beim Fußdampf, nimmt aber zwei Dampftöpfe, den einen unter die Füße, den anderen unter den Stuhl. Die Bedeckung erfolgt mit Badelaken und Wolldecken um den Stuhl herum, in der Körpermitte dicht abschließend. Nach einiger Zeit kann man einen heißen Ziegelstein einlegen, was sehr langsam zu geschehen hat. Der Dampf wird dann erneut sehr stark hervorgerufen.

Volldampf (Vd)
Man benutzt zwei Dampftöpfe wie beim Unterleibsdampf. Die Eindeckung in Badelaken und Wolldecken geht bis zum Hals, den ganzen Stuhl

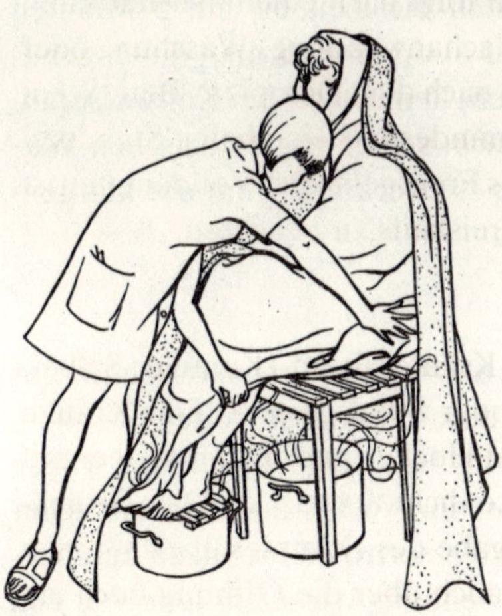

Volldampf in Vorbereitung

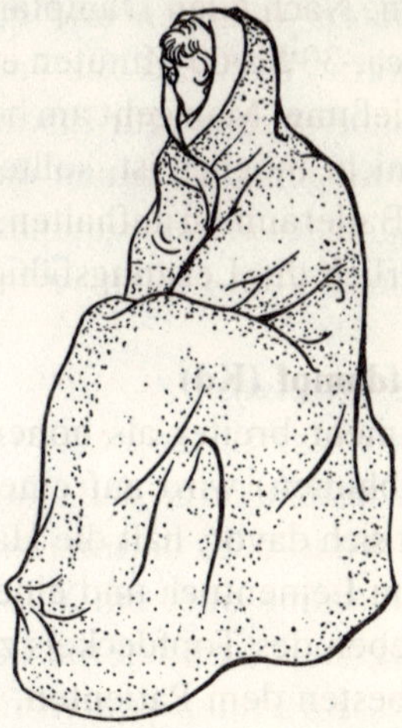

Volldampf, vollständig eingepackt

einschließlich Patient umfassend. Den Kopf umhüllt man noch mit einem Handtuch.

Barfußgehen, Taulaufen und Wassertreten

Barfußgehen

Ein wichtiges Abhärtungsmittel und zugleich auch ein Heilmittel ist das Barfußgehen. Es ist bei vernünftiger Anwendung fast überall und von jedem durchführbar. Empfindliche und wenig abgehärtete Menschen fangen mit dem Barfußgehen am besten im Zimmer an, indem sie im Anfang nur wenige Minuten ohne Schuhe und Strümpfe herumgehen, am besten in Verbindung mit der Morgengymnastik. Dann wird die Zeitdauer allmählich mehr und mehr gesteigert und schließlich auch außerhalb des Zimmers durchgeführt. Draußen geht man meistens, da bei vielen Menschen der natürliche Schutz durch die Hornhaut der Fußsohle zu gering entwickelt ist, in Sandalen. Es kommen aber ausschließlich solche in Frage, bei denen nur die Fußsohle bedeckt ist und nur ein oder zwei Querriemen über den Fußrücken gehen. Am besten sind die sogenannten Kneippsandalen.

Taulaufen

Das Taulaufen ist im gewissen Sinne eine stärkere Form des Barfußgehens und besteht darin, daß man im taufrischen Gras barfuß herumläuft. Es kann daher nur frühmorgens, wenn die Wiesen betaut sind, ausgeführt werden. Zuerst soll man nur mit einer Dauer von etwa ein bis zwei Minuten anfangen und dann allmählich die Zeit bis auf 5 Minuten steigern. Während des Taulaufens und nachher muß man durch genügende Bewegung für Erwärmung sorgen, ähnlich wie bei Kaltwasseranwendungen, mit denen das Taulaufen in seiner physiologischen Wirkung vieles gemeinsam hat. Man kann es zweckmäßig mit der Morgengymnastik im Freien verbinden.

Wassertreten

Das Wassertreten ist sowohl im Haus als auch im Freien durchführbar und besteht darin, daß man kurze Zeit durch Wasser schreitet, das bis an die Wade oder darüber reichen soll. Im Haus eignet sich hierzu jede Badewanne oder ein Waschkübel oder im Notfall auch ein einfacher Putzeimer. Im letzteren Fall wird das Wassertreten im Sitzen durchgeführt. Im Freien kommt für diese Anwendung vor allem jede von den Kneippkurorten geschaffene Wassertretstelle in Frage. Wo eine solche nicht vorhanden ist, genügt ein nicht zu tiefer Bach oder Teich mit frischem Wasser.

Man hebt beim Wassertreten die Füße abwechselnd aus dem Wasser. Auch hier gilt es wieder, je kälter und frischer das Wasser und je kürzer die Anwendung, um so besser. Vorbedingung ist allerdings, daß die Füße warm sind. Die Dauer des Wassertretens wird durch den Eintritt der Reaktion bestimmt. Im allgemeinen rechnet man ¼ bis 2 Minuten. Nachher ist für die notwendige Nacherwärmung durch Bewegung oder Bettwärme zu sorgen.

Sauna

Seit der Olympiade 1936 in Berlin und nach dem letzten Krieg hat sich die Sauna immer mehr in Deutschland eingebürgert und ist auch in vielen Kneippheilbädern und Kurorten heimisch geworden.

Das Wort Sauna (Badehütte) stammt aus dem Finnischen und bezeichnet eine uralte Badeform, die besonders in den nordischen Ländern, vor allem in Skandinavien, aber auch als Banja in Rußland in hoher Kultur steht. Ihrem Wesen nach ist die Sauna ein trockenes Heißluftbad, das mit einem folgenden Kaltwasserreiz verbunden ist.

Wenn die Sauna vernünftig, d. h. ohne Übertreibung und ohne Anspruch auf *das* Allheilmittel in die Vorsorge, d. h. in die aktive Gesundheitspflege, in die Behandlung und in die Rehabilitation eingebaut wird, ist sie von hohem Wert.

Sie wirkt auf fast alle Grundfunktionen des Organismus positiv ein und dient besonders der Kräftigung und Leistungssteigerung des Kreislaufs und damit der Gesundung des Gesamtorganismus.

Was ist nun das Wesen der Sauna? Sie ist ein Heißluftbad mit Dampfluftstößen im Wechsel mit kaltem Wasser. Sie ist kein Dampfschwitzbad, auch keine Art Schwitzkasten, sondern ein Heißluftbad mit geringem Feuchtigkeitsgehalt der Luft, worin der ganze unbekleidete Mensch einbezogen ist. Der Feuchtigkeitsgehalt der Luft soll bei einer Temperatur von 85° bis 100 °C nicht über 15% hinausgehen. Durch die trockene Luft verdunsten der reichlich abgesonderte Schweiß (maximal bis zu 1 l) und die Feuchtigkeit durch die Wasseraufgüsse in kurzer Zeit, und der Feuchtigkeitsgehalt kehrt wieder zum Ausgangswert zurück.

Was geschieht in der Sauna? Es steigt zunächst die Hauttemperatur bis auf 40 °C, die Körpertemperatur nur wenig. Durch den starken Reizwechsel zwischen heißer Luft und kaltem Wasser wird sie über die

Haut und die Hautfunktionen zu einer starken Anregung besonders des Kreislaufes und des Stoffwechsels.

Die Sauna kommt überall dort in Frage, wo diese Anregung vom Organismus sinnvoll verarbeitet werden kann. Dann ist sie wie das gesamte Kneippsche Wasserheilverfahren eine Reizbehandlung, die durch Training aller lebendigen Kräfte zur Gesundung und Leistungssteigerung dienen kann. Wann die Sauna von den Nichtgesunden gebraucht werden darf und wann nicht, muß der Arzt entscheiden. Leute, die nicht schwitzen können, gehören grundsätzlich nicht in die Sauna.

Was ist beim Saunabad zu beachten? Man muß am Körper trocken und mit warmen Füßen in die Sauna gehen. Wenn daher eine vorhergehende Reinigung des Körpers notwendig ist, dann muß man sich nach dieser vollständig trocken reiben und wenn notwendig, durch ein warmes Fußbad die Füße erwärmen. In der Sauna müssen Ruhe und Besinnlichkeit herrschen, keine aufregenden Gespräche oder Auseinandersetzungen.

Zuerst nur 8 bis 12 Minuten auf der untersten der drei übereinander treppenartig aufsteigenden Stufenbänke ruhig sitzen und durch die Nase ein- und ausatmen. Später, bei Gewöhnung, verweilt man die gleiche Zeit auf der obersten Bank. Man setzt sich aus Gründen der Sauberkeit auf ein Handtuch, das den Schweiß aufsaugen soll. Das Sitzen soll mit nach vornübergebeugtem Oberkörper erfolgen, wobei dieser auf die Arme gestützt sein soll, die mit den Unterarmen auf den angezogenen Knien ruhen. Menschen mit blassem Gesicht und Neigung zu Blutleere im Gehirn (Ohnmachtsneigung) sollen von vornherein liegen mit leicht erhöhtem Kopf (Kopfstütze benutzen) und angezogenen Knien zur Entspannung der Bauchdecke. Dagegen sollen Menschen mit Blutandrang zum Kopf nur sitzen.

Starke körperliche Bewegungen sowie Massage im Saunaraum sind unangebracht. Es ist überhaupt fraglich, ob man die Sauna zweckmäßig mit der Massage verbinden soll. Das geschieht ja meistens aus zeitlichen Gründen. Man will einen Weg sparen. Im Grunde ist aber die Massage mit der Sauna unzweckmäßig. Die Sauna alleine genügt. Wohl kann man die Saunawirkung durch Schlagen der Haut mit Birkenreisern verstärken.

Nach Ablauf der Saunabadezeit (8 bis 12 Minuten), wobei nicht immer ein ausgiebiger Schweißausbruch aufgetreten sein muß, folgt die Abkühlung, die von unschätzbarem Wert ist. Wenn es sich um kreislaufgesunde Menschen handelt, wird der schroffe Gegensatz zwischen der heißen Luft und dem Wassereintauchen in ein kaltes Gewässer (See oder Fluß) oder Tauchbecken oder kalter Vollguß u. a. als wohltuend empfunden. Es sollte aber immer der ganze Kopf mit abgekühlt werden oder wenigstens die Warzenfortsätze hinter dem Ohr kalt begossen werden. Bei kreislauflabilen Menschen muß die Abkühlung feiner gestuft durchgeführt werden, eventuell von warmer Brause allmählich zur kalten übergehen. Nicht vergessen darf man, daß auch die Atemwege abgekühlt werden müssen. Daher ist tiefes Einatmen in frischer Luft nach der Wasserabkühlung zu empfehlen. Ein starres Schema läßt sich auch bei der Sauna nicht anwenden. Vor dem Wiedereintreten in den Saunaraum trockne man sich gut ab und sorge für warme Füße.

Nicht mit kalten Füßen wieder in die Sauna eintreten! Es wird sogar von Dr. W. Fritzsche, Vorsitzender des Saunabundes, empfohlen, nach der Abkühlung mit kaltem Wasser stets ein warmes Fußbad folgen zu lassen, was aus Kreislaufgründen sicher zweckmäßig ist.

Der zweite Saunagang verläuft ähnlich wie der erste. Man hüte sich vor zu langem Aufenthalt in der Sauna. Abschließend ist es ratsam, eine halbe bis eine Stunde zu ruhen. Im allgemeinen werden nur zwei bis drei Saunagänge durchgeführt.

Schwimmen

In den beiden letzten Jahrzehnten hat auch in den Kneipp-Heilbädern und Kurorten sowie in vielen Sanatorien und Kurheimen die Zahl der Schwimmbäder, insbesondere der kleinen Hallenschwimmbäder und Bewegungsbäder, erheblich zugenommen.

Da das Schwimmen mit zu den gesündesten Sportarten gehört, kann diese Zunahme eine sinnvolle Ergänzung zur Kneippkur sein. Es ist eine gute Kombination von Temperaturreiz und Bewegungsreiz und dient bei vernünftiger Durchführung der Körperkraft und der Gesundheit und fördert die Abhärtung.

Auch für das Schwimmen gelten die Grundregeln wie bei allen Wasseranwendungen. Insbesondere sollte man nicht mit vollem Magen schwimmen, nicht erhitzt ins Wasser springen, sondern langsam hineinsteigen und das Prinzip des Trainings oder der Übung beachten.

Jeder Fehleinsatz und jede Übertreibung ist gefährlich. Die individuell abgestuften Teilreize der Kneippschen Wasserkur werden durch planloses Schwimmen oder planlose Bewegungsbäder nicht mehr oder nicht genügend wirksam. Somit wird der Kurerfolg in Frage gestellt.

Schwimm- und Bewegungsbäder müssen vom Kurarzt in den Kurplan richtig eingebaut werden. Vor allem beachte man, daß zwischen der vorausgegangenen und der folgenden Kneippanwendung und dem Schwimmen mindestens zwei Stunden Zwischenraum liegen sollen.

Die gebräuchlichsten Abkürzungen der Kneippschen Anwendungsformen

Waschungen:

Okw = Oberkörperwaschung
Ukw = Unterkörperwaschung
Gw = Ganzwaschung

Bäder:

Vb = Vollbad
H = Halbbad
Szb = Sitzbad
Ab = Armbad
Fb = Fußbad
Wfb = Wechselfußbad

Güsse:

Ag = Armguß
Kn = Knieguß
S = Schenkelguß
O = Oberguß
Ug = Unterguß
Bg = Brustguß
V = Vollguß
Bl = Blitzguß
Gg = Gesichtsguß
We = Wechselanwendung

Wickel und Packungen:

Fw = Fußwickel
Ww = Wadenwickel
BnW = Beinwickel
Aw = Armwickel
Bw = Brustwickel
Hw = Halswickel
Lw = Lendenwickel
Kw = Kurzwickel
Aufl = Auflage
Ua = Unteraufschläger
Oa = Oberaufschläger
Hs = Heublumensack
Sh = Schal
Ns = nasse Socken
Shd = Salzhemd
Lhd = Lehmhemd
Hbd = Heublumenhemd
Nhd = nasses Hemd
Span.M. = Span. Mantel
Lpf = Lehmpflaster
Tpf = Topfenpflaster

Dämpfe:

Kd = Kopfdampf

Verschiedenes:

Hbl = Heublume
Fi = Fichtennadel
Ha = Haferstroh
Eich = Eichenrinde
Kam = Kamille
Mel = Melisse
Zkr = Zinnkraut
Rosm = Rosmarin
Essigw = Essigwasser
Wtr = Wassertreten
anst. = ansteigend
temp. = temperiert
Gm = Ganzmassage
Tm = Teilmassage
Bgm = Bindegewebsmassage
Uwm = Unterwassermassage
StaBd = Stangerbad
Kg = Krankengymnastik
Atmg = Atemgymnastik
Ih = Inhalation
Bwb = Bewegungsbad

2. Die Kneippsche Bewegungstherapie

Es ist unbestreitbar, daß Bewegungsmangel vielfach eine Krankheitsursache ist. Er spielt bei fast allen sogenannten Zivilisationskrankheiten mit. Bewegungsmangel ist besonders Mitursache bei: vegetativen Fehlregulationen, Kreislaufstörungen, Herzinfarkt, Durchblutungsstörungen, Blutdruckanomalien, Verdauungsstörungen (z. B. Stuhlträgheit), Stoffwechselstörungen, Fettsucht und Zuckerkrankheit, Haltungsschäden (Wirbelsäule und Fußdeformitäten), Atemstörungen, innersekretorischen Störungen (Periodenstörungen).

Um diesen Bewegungsmangel zu überwinden, ist eine kurze Analyse der Ursachen des Bewegungsmangels notwendig.

a) Aktive und passive Bewegung

Man kann diese Ursachen im wesentlichen, auch wenn sie komplexer Natur sind, auf zwei Grundelemente zurückführen:

1. auf eine allgemeine Passivität, die aus einer geistigen Fehlhaltung zum gesamten Leben resultiert,
2. auf eine ungünstige Umweltsituation mit mangelnden Bewegungsmöglichkeiten.

Zu 1.: Der moderne Mensch hat ein fast unbegrenztes und ausschließlich blindes Vertrauen auf die Technik, auf physikalisch-chemische Kräfte. Er weiß kaum mehr um die eigenen lebendigen regulativen Kräfte, die immer bestrebt sind, die Gesundheit zu erhalten, und die nur durch Training mit natürlichen Lebensreizen erstarken. Die unbestreitbaren Fortschritte der Technik faszinieren ihn so sehr, daß er über die ihm gebotenen technischen Möglichkeiten und Bequemlichkeiten vergißt, daß dadurch seine körperlichen Kräfte lahmgelegt werden und echte Lebensfreude reduziert wird.

Erst recht weiß der moderne Mensch mit seelisch-geistigen Bereichen nicht viel anzufangen; denn eine geistige Seele hat in seinem naturwissenschaftlich-technisch orientierten Denken keinen Platz. Dadurch stößt er immer wieder an die engen Grenzen der technischen Medizin und wird mit entscheidenden Lebensproblemen nicht fertig. Der Tatsache, daß es im lebendigen Menschen nichts rein Körperliches und nichts rein Seelisches gibt, daß, wie *Büchner* sagt, jede seelische Bekundung jeweils zugleich leibliche Bekundung und umgekehrt ist, steht er hilflos gegenüber. Dadurch werden auch Gesundheit und Krankheit einseitig, nur materiell, nur leiblich gesehen. Die Krankheit betrachtet der moderne Mensch wie eine Auto- oder Maschinenpanne am Arbeitsplatz. Diese »Panne« Krankheit soll aber stets rasch und ohne große Belastungen für ihn beseitigt werden. Er selbst will einfach nicht genötigt sein, an seiner Gesundung aktiv mitzuwirken. Er verläßt sich auf die technisch-apparative Medizin. Wenn diese nun in seinem Falle versagt – und sie muß ja versagen –, wenn es um vielschichtige Lebensprobleme geht und wenn seelische Faktoren mitwirken – wo ist das aber nicht der Fall? –, dann ergibt sich für ihn ein abgrundtiefer Pessimismus, Nihilismus und letzten Endes eine absolute Passivität.

Eine weitere Quelle der geistigen Fehlhaltung ist die Unwissenheit auf gesundheitlichem Gebiet. Wir dürfen uns nicht dadurch täuschen lassen, daß der moderne Mensch für unkritisch aufgenommene Sensationsmeldungen oder Modeströmungen auf dem Gebiet der Gesundheit und besonders für ausgefallene Krankheitsbehandlungsmethoden ein offenes Ohr hat. Ein vernünftiges, echtes Wissen um Gesundheit und Krankheit fehlt allenthalben. Es interessiert den heutigen Menschen dabei viel weniger, wie man unter den derzeitigen Umständen leben muß, um selbst gesund und leistungsfähig zu bleiben. Würde ihn das interessieren, müßte er ja gegebenenfalls unangenehme Konsequenzen in bezug auf seine persönliche Lebensführung ziehen – und das mag er nicht.

Es lassen sich gewiß noch andere Faktoren für den geistigen Hintergrund des Bewegungsmangels anführen. Diese mögen genügen.

Zu 2.: Eine ungünstige Umweltsituation mit mangelnden Bewegungsmöglichkeiten ist der zweite wesentliche Faktor. Die beruflichen Belastungen, der unerbittliche Existenzkampf, die dadurch hervorgerufene Abspannung und Erschöpfung, die Notwendigkeit, Verkehrsmittel aller Art zu benutzen, die steigende Mechanisierung, Mißbrauch an Genußmitteln, besonders Alkohol, Trägheit und Bequemlichkeit, Versklavung an das Fernsehen und vieles andere führen dazu, daß aktive Bewegung immer seltener wird. Hinzu kommt, daß vielerorts wirklich nur ungenügende Möglichkeiten angeboten werden, irgendwelche Ausgleiche zu schaffen. Es fehlt einfach an Wander- und Spaziermöglichkeiten, an Luft- und Sonnenbädern, an Sport, Schwimmöglichkeiten usw.

Welche Möglichkeiten zur Überwindung des Bewegungsmangels ergeben sich aus dieser Gesamtsituation?

Es sind grundsätzlich zwei:

1. eine sinnvolle Erziehung zu einer aktiven Gesundheitspflege,
2. Schaffung von Möglichkeiten, sich im Sinne einer aktiven Gesundheitspflege betätigen zu können.

Zu 1.: Aktive Gesundheitspflege will ja mit allen natürlichen Lebensreizen alle Grundfunktionen des ganzen Organismus, zu denen auch die Bewegung gehört, wecken und fördern und durch ständiges Einüben zur optimalen Leistungsfähigkeit führen.

Für diese aktive Gesundheitspflege gilt es, den Menschen durch Freude an der Bewegung zu motivieren und ihm vor allem zu zeigen, wie das Mißverhältnis zwischen körperlicher und seelisch-nervlicher Belastung überwunden werden kann. Es muß immer wieder betont werden, daß die eigene Aktivität vor jeder Fremdleistung einsetzen muß. Gewiß, oft muß die Fremdleistung (z. B. Massage) vorübergehend vorausgehen, aber ersetzen kann nichts die Eigenleistung. Diese muß also angesprochen werden. Jede Bewegungsübung muß individuell angepaßt sein und das Programm der Körperschulung geht auf lange Sicht.

Außer den Problemen um eine geeignete Gesundheitserziehung geht es auch noch um die Schaffung von Möglichkeiten, sich im Sinne einer aktiven Gesundheitspflege betätigen zu können. Anregungen hierzu gibt es genug im Verlaufe einer guten Kur und durch den Kneipp-Bund mit seinen zahlreichen Kursen, Vorträgen, Schriften und seinen zahlreichen Gesundheitseinrichtungen.

Als Mittel zur Erhaltung der Gesundheit und Leistungsfähigkeit sind alle Arten der körperlichen Betätigung geeignet, die der Vervollkommnung und Beherrschung des Körpers dienen.

Nicht alle Leibesübungen kommen für jeden Menschen in Frage. Der persönliche Gesundheitszustand, die augenblickliche Disposition und das Lebensalter sowie die verschiedenen Notwendigkeiten sind entscheidend. Es gilt immer, das rechte individuelle Maß zu finden – weder ein Zuviel noch ein Zuwenig. In Zweifelsfällen sollte man immer ärztlichen Rat einholen.

Im Rahmen der üblichen Kneippkuren kommen vor allem Wandern, Radfahren, evtl. auch Reiten sowie Gymnastik in den verschiedenen Formen in Frage.

Gelegentlich kann auch mäßiger Wintersport in die Kur eingebaut werden. Das gleiche gilt für den Freizeitsport, die Trimm-Dich-Bewegung und die Fitneßbewegung sowie entsprechende andere Arten der aktiven Bewegung.

Unter die passive Bewegung im Rahmen der Kur fällt vor allem die

Massage in den verschiedenen Formen. Während die Massage zu Kneipps Zeiten keine große Bedeutung besaß, ist sie heute zu einer hohen Kunst entwickelt worden. Das große Heer der Kriegs- und Unfallverletzten sowie viele Kranke mit inneren- und Nervenleiden fordern die Massage als einen unabdingbar notwendigen Bestandteil der Behandlung. Darum ist sie auch heute aus der Kneippkur nicht mehr wegzudenken.

Aber auch die Massage hat ihre Grenzen. Das sollten alle Patienten und die Masseure(innen) sowie die Kurheimbesitzer bedenken.

Eine Heilmassage ohne ärztliche Anordnung ist unverantwortlich. Das gilt insbesondere von der sogenannten Bindegewebsmassage, die keine eigentliche Massage im Sinne passiver Bewegungsbehandlung ist. Sie ist eher eine Behandlung, die über Bindegewebe und Nervenbahnen auf bestimmte innere Organe oder Organsysteme einwirken soll. Für andere Spezialmassagen gilt das gleiche: nie ohne ärztliche Verordnung.

b) Ruhe und Entspannung

Es ist ein Naturgesetz, daß nur der Wechsel zwischen Ruhe und Bewegung die Gesundheit bedingt. Körperliche und seelische Ruhe sind aus einer gesunden Lebensführung nicht wegzudenken und gehören auch mit zu den wertvollsten Heilmitteln einer jeden Behandlung. Das körperliche Ausruhen, das Entspannen im Liegen führt zur Beruhigung des Herzschlags, damit zur Verbesserung des Kreislaufs und der gesamten Durchblutung des Körpers, womit schon eine der wichtigsten Voraussetzungen für die Hebung des gesamten Wohlbefindens gegeben ist. Aber es wäre falsch, nur die herz- und kreislaufverbessernde Seite der Ruhe zu beachten; denn alle Organe, auch Lunge, Magen, Darm und die übrigen Eingeweide arbeiten ruhiger und gleichmäßiger, werden dadurch gekräftigt und leistungsfähiger. Auch der Schlaf zur rechten Zeit und von der rechten Dauer und Tiefe gehört mit zu dieser Ruhe.

Wie auf der einen Seite manchen Kurgästen, die zu Hause zu wenig Bewegung hatten, aktive Bewegung empfohlen werden muß, so erfordert die Ruhelosigkeit und Gehetztheit des modernen Menschen die Erziehung zur Ruhe und Entspannung. Deshalb werden auch den Kurpatienten genaue Liegezeiten und Zeiten der Nachtruhe vorgeschrieben und gegebenenfalls entsprechende seelenkundliche Maßnahmen (z. B. das autogene Training) verordnet. Verstöße gegen die Nachtruhe rächen sich immer. Es ist außerordentlich zu bedauern, daß in manchen Kurorten gegen Störungen der Nachtruhe nicht nur nichts oder zu wenig unternommen wird, sondern sogar indirekt durch Veranstaltungen (Tanzturniere u. a.) bis in die Nachtstunden hinein die Störungen noch gefördert werden.

Nichts gegen echte Geselligkeit, aber zweifelhaften Vergnügungen nachjagen oder die halbe Nacht im Wirtshaus verbringen hat mit ernstem Kurwillen nichts zu tun.

Seelische Ruhe und Entspannung müssen zugleich seelische Haltung sein, und diese ist immer notwendig, wenn Luft, Licht, Wasser, Ernährung, Bewegung und Ruhe in und an einem Menschen gesundbringende Faktoren sein sollen.

Eine solche körperliche und seelische Ruhe bedeutet Steigerung der Lebenskraft und der Kraftempfindung und heißt Gewinn und Freude am Dasein haben.

c) Luft und Sonne

Luft und Sonne spielen von jeher eine große Rolle als Mittel zur Gesunderhaltung und zur Behandlung kranker Menschen. Es ist daher kein Wunder, wenn auch in der Kneippkur die Verwendung von Luft, Licht und Sonne heute im Rahmen der aktiven Gesundheitspflege eine bedeutende Rolle spielt.

Der moderne Mensch ist durch den Luft- und Lichtmangel infolge Kleidung, Beruf und Wohnung der natürlichen Einwirkung dieser Lebensreize, die zur Gesundheit unbedingt erforderlich sind, entfremdet. Er empfindet diese Entfremdung als etwas Unheilvolles und sucht sie mit Recht durch Luft- und Sonnenbäder auszugleichen; denn Luft- und Lichtmangel bringen ihm Krankheit und Siechtum und vermindern seine Leistungsfähigkeit.

Luftbad (Luft-Lichtbad)

Die beste Möglichkeit, den Luftreiz auf den Körper einwirken zu lassen, stellt das Luftbad dar. Unter Luftbad verstehen wir eine Anwendung, bei der der Körper oder seine Teile mehr oder minder unbekleidet bewußt der Reizwirkung der Luft ausgesetzt werden. Das Luftbad ist aber vom Sonnenbad zu trennen, und wir wollen unter Luft-Lichtbädern nur solche verstehen, bei denen eine starke, unmittelbare Sonnenbestrahlung fehlt. Die Luft ist ein Gasgemenge mit rund ⅘ Stickstoff, ⅕ Sauerstoff und geringen Mengen Edelgase, Kohlendioxyd, Wasserstoff, Ozon und Verunreinigungen (Ruß, Rauch u. a.).

Außer der Zusammensetzung der Luft sind von besonderer Bedeutung ihre Temperatur, ihr Feuchtigkeitsgehalt und ihre Elektrizität.

Die Temperatur wechselt je nach Bewegung oder Stillstand oder durch mehr oder minder starke Besonnung.

Wichtig für die Dauer des Luftbades ist, ob es bei kalter oder warmer Luft genommen wird.

Feuchtkalte und ebenso feuchtwarme Luft werden als unangenehm empfunden, trocken kalte und trocken warme Luft dagegen als angenehm. Auch die elektrische Spannung der Luft spielt hierbei eine Rolle.

Aus der Feuchtigkeit, der Temperatur und der elektrischen Spannung setzt sich die Gesamtwirkung der Luft auf den Körper zusammen. Bei schwüler Luft, wie wir sie z. B. vor einem Gewitter haben, wirkt ein Luftbad nicht angenehm, und man fühlt sich nur schwer und müde. Anders verhält es sich bei leicht bewegter trockener Luft, in der man sich meist frisch und beschwingt fühlt. Wenn die Luft bewegt ist, wird die Ausscheidung des Körpers im allgemeinen gesteigert.

Luftbäder wirken im allgemeinen milder als entsprechende Kaltwassermaßnahmen. Im Luftbad findet eine ziemlich bedeutende Wärmeabgabe statt, die um so größer ist, je kälter und bewegter die Luft ist.

Unser Körper reagiert auf diese Abkühlung wie auf die Abkühlung einer Kaltwasseranwendung (s. dort).

Allzu lange Luftbäder bedeuten einen zu starken Reiz, auf den der Organismus ebenso wie bei den Kaltwasseranwendungen mit Fehlreaktionen antwortet. Auch bei den Luftbädern gilt das Trainingsprinzip. Durch dauerndes Training kann allerdings die Verträglichkeit an die Luft wesentlich erhöht werden, und dann werden selbst Luftbäder von stundenlanger Dauer noch ohne Schaden vertragen.

Im allgemeinen richtet sich die Dauer des Luftbades wie jede Anwendung in der Kneippkur nicht nach einer Minutenzahl, sondern nach der Ansprechbarkeit des Organismus. In diesem Falle heißt das, daß das Luftbad gewöhnlich zu beenden ist, wenn ein Frösteln auftritt. Dieser Zeitpunkt hängt außer von der Gewöhnung des Patienten auch sehr wesentlich von der Temperatur der Luft ab. Man wird daher zunächst nur wenige Minuten, und zwar, je kälter die Luft ist, um so kürzer, den Körper entblößt der Einwirkung der Luft aussetzen. Zweckmäßigerweise fängt man mit einem Zimmerluftbad an, und zwar am besten morgens vom Bett aus, indem man das Nachthemd abwirft und sich einige wenige Minuten, solange man eben nicht fröstelt, nackt im Zimmer bewegt. Dabei reibt man zur Verstärkung der Ansprechbarkeit der Haut diese mit einem trockenen Frottiertuch und macht einige leichte Bewegungen. Von Tag zu Tag steigert man die Dauer des Luftbades bis auf etwa 10 bis 20 Minuten, geht dann dazu über, ein Fenster zu öffnen, um sich allmählich an das Freiluftbad zu gewöhnen. Dieses wird zuerst an einem windgeschützten Platz nur wenige Minuten, später dann unter Umständen bis zu mehreren Stunden ausgedehnt. So wird die Haut in ihrer gesamten Leistungsfähigkeit systematisch geübt. Ein gutes Hautfunktionsöl erhöht die Wirkung. In unmittelbarer Verbindung mit dem Luftbad sollte keine Kaltwassermaßnahme durchgeführt werden, da die Vor- und Nacherwärmung, die für jede Kaltwassermaßnahme erforderlich ist, nicht gewährleistet ist und die Reizwirkung unter Umständen zu groß würde. Es ist daher falsch, wenn man morgens nach dem Aufstehen einige Minuten luftbadet und sich hinterher kalt abwäscht.

Im allgemeinen sind die Luftbäder für jeden Menschen geeignet, wenn sie mit der notwendigen Vorsicht durchgeführt werden. Sie bilden einen unerläßlichen Bestandteil in der gesamten natürlichen Lebens- und Heilweise, und man wird in keinem Krankheitsfalle auf ihre Durchführung verzichten wollen. Luftbäder eignen sich insbesondere aber zur Vorbereitung auf eine Abhärtungskur. Sie kommen ferner in Frage für solche Patienten, bei denen andere Kältereize schon über die Tragfähigkeit des kranken Körpers hinausgehen würden; denn das Luftbad stellt in richtiger Handhabung den mildesten Kältereiz dar, den wir auf den Körper überhaupt einwirken lassen können.

Ganz besonders geeignet ist es für den nervösen Menschen, da es eine wohlige, allgemeine Entspannung herbeiführt. Für ihn ist es die beste Möglichkeit, auch die innere Abhärtung, das innere Kräftigerwerden herbeizuführen, weil es neben der wohltuenden Wirkung auf den Körper auch oft einen psychischen Auftrieb gibt. Außer bei vielen nervösen Zuständen eignet sich das Luftbad insbesondere bei den Erkrankungen des Herzens und des Gefäßsystems, weil es die beste Möglichkeit bietet, das Blut richtig zu verteilen und die Arbeitskraft des Herzens zu erhöhen. Ebenso ist es ein vorzügliches Mittel, die Blutarmut und Bleichsucht zu überwinden und den kranken Stoffwechsel anzuregen und auszugleichen.

Selbstverständlich ist das Luftbad für die Verhütung vieler Krankheitszustände im Sinne einer systematischen aktiven Gesundheitspflege unersetzlich und zur Übung der zielstrebigen Abwehr- und Widerstandskräfte des Körpers und somit insbesondere zur Verhütung all der Krankheiten geeignet, bei denen eine mangelnde Abhärtung die Grundursache darstellt.

Sonnenbad

Erst in den letzten Jahrzehnten wurde die Wirkung des Sonnenlichtes wissenschaftlich erforscht, obwohl seine wohltuende Wirkung auf den

Organismus den Menschen seit Urzeiten bekannt war. Sonnenlicht erhöht das Wohlbefinden und die Lebensfreude.

Deshalb sucht der Mensch in unseren Breiten der Sonnenarmut in den Wintermonaten zu entfliehen in sonnenreichere Klimazonen, oder er versucht, das Sonnenlicht zu imitieren durch künstliche sonnenähnliche Apparate (Höhensonne, Solarien u. a.).

Das Sonnenlicht besteht im wesentlichen aus sichtbaren und unsichtbaren Strahlen. Die sichtbaren Strahlen sind jene, die uns den Eindruck Licht vermitteln. Die unsichtbaren bestehen aus zwei Gruppen, aus solchen, die uns Wärme vermitteln, und solchen, die wir als ultraviolette Strahlen bezeichnen, denen man heute eine stark belebende und aufbauende Wirkung auf den Gesamtorganismus zuspricht.

Bei der Wirkung der Sonne auf den menschlichen Körper handelt es sich aber um die Gesamtwirkung, nicht nur um bestimmte einzelne Strahlen. »Künstliche Sonnen« können nicht die natürliche ersetzen.

Die Wirkung des Sonnenlichtes erklärt sich durch seine Einwirkung auf die Haut des Menschen und über diese auf seinen gesamten Zustand einschließlich seiner seelischen Verfassung. Durch die Wärme der Sonne und durch ihre nicht sichtbaren ultravioletten Strahlen und ihre Lichtstrahlen werden eine Reihe von Veränderungen im Organismus erzeugt, die sich in einer hohen Gesamtwirkung für die Gesundheit des Menschen äußern.

Durch die Sonne wird die Haut zu einer ausgiebigen Wasserverdunstung und damit auch zu einer gewissen Wärmeabgabe veranlaßt; denn durch die Wasserverdunstung wird der Haut Wärme entzogen. Sie sucht durch diesen Vorgang eine Übererwärmung zu verhindern, und daher erhöht sich auch die Körpertemperatur im Sonnenbade, wenn dieses nicht übertrieben wird, nur sehr wenig.

Die Sonnenstrahlen haben außerdem eine positive Einwirkung auf die Zusammensetzung des Blutes, sie bilden in der Haut Schutzstoffe (Immunkörper), aus dem Ergosterin das Vitamin D, das im Kalkstoffwechsel eine Rolle spielt und die Rachitis des Kleinkindes verhüten hilft.

Sonnenstrahlen sind auch ein keimtötendes Mittel, das sich sogar in der Tiefe des Gewebes auswirkt. Daher heilen oft alte eitrige Wunden am besten durch richtig durchgeführte Sonnenbehandlung.

Vor allem erzielt die Besonnung eine natürliche Schönheit der Haut. Diese wird besser durchblutet, es vermehren sich die Farbstoffe, und es tritt eine Bräunung ein, die ein gesünderes Aussehen hervorruft und dem Schönheitsideal sicher näher kommt als die blasse, schlecht durchblutete Haut.

Diese Bräunung erfolgt insbesondere durch die ultravioletten Strahlen der Sonne und schützt die tiefer gelegenen Gewebe vor dem schädigenden Einfluß einer Übersonnung. Die roten und ultravioletten Wärmestrahlen gehen aber durch diese Bräunung durch und wirken günstig auf die tieferen Gewebe und Blutgefäße des Körpers. Das Blut fließt aus dem Körperinneren an die Außenfläche in die Hautgebiete, und das Blutgefäßsystem wird insgesamt entlastet. Diese gute Durchblutung der Gewebe kräftigt zugleich die Muskulatur und fördert auf diese Weise das Ebenmaß des Körpers.

Die Gefahren falscher Sonnenbehandlung

Aus falscher Sonnenbehandlung können ernste Schäden entstehen. Wer eine Bräunung vor allem nur aus Schönheitsgründen erzwingen will, riskiert einen Sonnenbrand. Wenn dieser auch meist, außer einem Brennen der Haut, Schlaflosigkeit und sogar Fieber, ohne Folgen abheilt, so kann er aber auch chronische Erkrankungen innerer Organe (z. B. Bronchitis, Magenschleimhautentzündungen u. a.) aktivieren und zu einer ernsten Gesamtschädigung besonders des Nervensystems und des Kreislaufes führen.

Auch der lungenkranke Mensch muß vorsichtig mit der Besonnung umgehen, da eine Fehlbesonnung zur Ausbreitung der Tuberkulose führen kann. Andere Formen der Tuberkulose können dagegen durch vorsichtige Besonnung günstig beeinflußt werden.

Wohl die größte Gefahr beim Sonnenbaden stellen der Sonnenstich und der Hitzschlag dar. Der Sonnenstich ist eine Überreizung des verlängerten Rückenmarks infolge der Sonnenstrahlen und kann eine sehr ernste Gefahr bedeuten.

Bei Sonnenstich sind in jedem Fall der Arzt zu holen und der Kranke selbstverständlich an einen kühlen Platz zu bringen. Das gleiche gilt auch vom Hitzschlag, der eine übermäßige Wärmestauung darstellt. Beides verhütet man dadurch, daß man den Nacken und den Kopf vor direkter Sonnenbestrahlung schützt und daß man sich nicht zu lange der Sonne aussetzt.

Die Dauer des Sonnenbadens ist abhängig von der Intensität, wo die Sonnenstrahlung einsetzt, ob im Hochgebirge, an der See oder im Tiefland. Sie hängt auch ab von der Tageszeit. Je höher die Sonne steht, desto kräftiger ist die ultraviolette Strahlung. Sie ist früh um 9 Uhr genauso stark wie nachmittags um 15 Uhr. Die Dauer läßt sich ebenso wenig wie alle Kneippanwendungen nur in Minuten angeben, sondern entscheidend ist der Eintritt der Wirkung, d. h. hier das Auftreten eines Hitzegefühls. Ist ein Sonnenbrand aufgetreten, verbieten sich weitere

Sonnenbäder, bis die Haut gesund geworden ist. Je brauner die Haut meist ist, um so länger kann das Sonnenbad ausgedehnt werden. »Menschen mit einem dunklen Hauttyp bilden unter Sonnen- und Lichteinstrahlung relativ rasch Schutzpigmente. Bei blonden, hellhäutigen Personen dagegen funktioniert dieses Schutzsystem nicht in diesem Ausmaß. Sie sind besonders lichtgefährdet. Bei Anwendung von Sonnencremes sollte unbedingt auf den Lichtschutzfaktor geachtet werden, der bei Markenpräparaten angegeben ist. Sonnencremes sollten nicht in erster Linie die Sonnenbräune fördern, sondern das Eindringen des ultravioletten Lichtes in die Haut ausreichend verhindern. Präparate, die intensive Bräune versprechen, können nicht gleichzeitig einen ausreichenden Sonnenschutz bieten.« (Doz. Dr. med. Hünigmann, Hautklinik – Innsbruck)

Vor oder während des Sonnenbades ist also das Eincremen mit einer guten Sonnencreme oder mit einem guten Hautfunktionsöl empfehlenswert.

Es ist weiterhin zu beachten, daß man sich während der Dauer des Sonnenbades öfter umdreht, damit nicht eine Stelle zu lange und zu stark bestrahlt wird. Wenn Sonnenbäder im Liegen durchgeführt werden, so achte man darauf, daß man nicht während des Sonnenbades einschläft. Man wacht dann meist mit Kopfschmerzen und allgemeinem Unbehagen auf, ja es kann sogar Hitzschlag oder Sonnenstich eintreten, weil beim Schlafen die Wärmeregulierung des Körpers geringer ist als beim Wachen. Leichte Bewegung ist auch im Sonnenbad zweckmäßig. Nach Beendigung des Sonnenbades ist eine kalte Anwendung oder eine entsprechende andere Kaltwasseranwendung angebracht, um eine Gefäßerschlaffung zu verhüten.

Die Verbindung von Luft- und Sonnenbad

Die Verbindung von Luft- und Sonnenbad ist in der Regel die beste Form der Anwendung des Luft- und Sonnenreizes.

Die Durchführung geschieht in der Regel so, daß man zunächst nach wenigen Minuten Luftbad sich einige Minuten – bis zum Auftreten eines Hitzegefühles – der direkten Besonnung aussetzt und nach der Besonnung wieder in den Schatten zurückkehrt.

Luft-Sonnenbäder können im allgemeinen länger ausgedehnt werden als das einzelne Sonnenbad. Vor allem kann man durch das Prinzip des Trainings eine lange Zeitdauer erreichen. Wenn mit dem Sonnenbad abgeschlossen wurde, kann eine Kaltwasseranwendung erfolgen.

3. Die Kneippsche Ernährungstherapie

Es ist unbestreitbar, daß die Ernährung für die Erhaltung oder Wiederherstellung der Gesundheit oder für die Entstehung vieler Krankheiten eine entscheidende Rolle spielt. An ihren Problemen kann keiner, der für die Gesunderhaltung oder Krankheitsbekämpfung verantwortlich ist, vorbei.

Deshalb ist eine naturgemäße Ernährung ein unabdingbarer Bestandteil auch jeder Kneippkur. Zu den Lebzeiten von Sebastian Kneipp spielten Ernährungsprobleme nicht die Rolle wie heute. Doch wäre es eine totale Verkennung der originalen Kneippkur, wollte man behaupten, Kneipp selbst hätte den Ernährungsfragen wenig Beachtung geschenkt. Man braucht nur seine Bücher, vor allem sein Buch »So sollt ihr leben« zu lesen, um das Gegenteil festzustellen. Man darf nicht übersehen, daß auch Sebastian Kneipps Auffassungen zeitgebunden waren. Er ging in seinen Ratschlägen von den Erfahrungen und Beobachtungen seiner schwäbischen ländlichen Heimat aus. Die Mehrzahl der Menschen lebte auf dem Lande und ernährte sich von den Produkten des Bodens, aber auch dabei war sicher nicht alles »naturgemäß«.

Deshalb sah sich Kneipp gezwungen, gegen manche Mißstände hart anzugehen. Er forderte eine vorwiegend lacto-vegetabile Kost mit Einschränkung des Fleischverzehrs und der Genußmittel, weil er glaubte, Fleisch und Genußmittel machten hitziges Blut und führten zu verschiedenen Krankheiten. Auch verurteilte er den übermäßigen Feinmehlgebrauch im Haushalt und als Brot. »Man nehme Kleie unter das Mehl und bereite davon das Essen.« Kneipp ahnte, daß in der Kleie wertvolle Stoffe enthalten sind, was ja durch die moderne Ernährungsforschung bestätigt wurde. Auch klingt Kneipps Forderung, die Nahrung so unverkünstelt wie möglich zu lassen, durchaus modern. Kollath sagt ähnlich: »Man nehme das Natürliche in der Kost so natürlich wie möglich, d. h. man denaturiere sie möglichst wenig durch Kochen, Backen, Raffinieren, Schönen usw . . .«

Damit wird nicht verlangt, daß alles roh verzehrt werden soll, sondern nur, daß jede Nahrungsverarbeitung, besonders zur Erhaltung der Vitamine und essentiellen Wirkstoffe, schonend sein muß.

Selbst bei der Rohkost, die in der Regel nur eine Kurzzeitkost ist, ist eine gewisse Auf- und Zubereitung und eine besonders gute Auswahl der Nahrungsmittel notwendig. Ähnliches gilt von der vegetarischen Kostform.

Im Vordergrund der damaligen Ernährungslehre stand dem naturwissenschaftlich-materialistischen Denken entsprechend die Bewertung einer Nahrung nach dem Brennwert, nach den Kalorien. Das entsprach wieder der Auffassung, im Menschen nur eine hochkomplizierte Maschine zu sehen, die die Nährstoffe der Nahrung verbrennt. Vitamine, Spurenelemente, die lebenswichtigen, wesentlichen (essentiellen) Nährstoffe waren unbekannt.

Seit dem Tode von Sebastian Kneipp haben die Erkenntnisse auf dem Gebiet der Ernährung wesentliche Fortschritte gemacht.

Neben der Entdeckung der Vitamine, der Spurenelemente, der essentiellen, d. h. wesentlichen Wirkstoffe sowie der Wertigkeit der Nahrungsmittel, der Bedeutung der Konservierung und der Zubereitungsvorgänge wurde auch das Denken in Kalorien differenzierter.

Die Bedeutung des Kalorienbedarfs* wurde auf Größe, Körperbau, Alter, Geschlecht und Arbeitsleistung des einzelnen Menschen bezogen. Es wurden brauchbare Richtlinien und Tabellen erarbeitet, die insbesondere eine Relation herstellten zwischen dem Ist- und dem Soll- oder Idealgewicht. Gewiß kam es bei dieser Entwicklung auch oft zu Einseitigkeiten und Übertreibungen, aber abgesehen von diesen hat diese Entwicklung doch durchaus positive Ergebnisse gebracht.

Es lassen sich heute Leitlinien für eine Ernährung aufstellen, die der Natur des Menschen entsprechen und realisierbar sind.

Einzelheiten dieser Ernährungsprobleme möge man aus der zahlreichen, nicht von sektiererischer Seite produzierten Literatur entnehmen, z. B. aus Dr. med. Anemueller im Abschnitt: Zeitgemäße Ernährung, in: Das neue große Kneipp-Buch, Ehrenwirth-Verlag München, oder vom gleichen Verfasser: Das Grunddiät-System, Hippokrates Verlag, Stuttgart.

Einige grundsätzliche Bemerkungen zu einer zeitgemäßen naturgemäßen Ernährung: Jede Ernährung muß den individuellen Bedürfnissen des Gesamtorganismus entsprechen. Sie muß abwechslungsreich sein und positiv auf Augen und Gaumen wirken.

Gutes Kauen und Einspeicheln der Nahrung ist eine wesentliche Voraussetzung zu deren Verarbeitung im Organismus. Gebißsanierung ist oft notwendig zur Verhütung und Heilung vieler Magen- und Darmkrankheiten.

Die Zahl der Mahlzeiten richtet sich nach den individuellen Notwendigkeiten und Möglichkeiten. Gleiches gilt von der Zeit der Einnahme.

* Seit dem 1. 1. 1978 ist anstelle der Kalorie die internationale Energieeinheit Joule eingeführt worden (1 kcal = 4,186 kj). Doch im allgemeinen Sprachgebrauch ist man bisher bei der Kalorie geblieben.

Auch die Flüssigkeitszufuhr ist von der individuellen Situation des einzelnen Menschen abhängig. Als Leitlinie gelte am Tage 1 bis 1½ l reine Flüssigkeit, d. h. ohne Berücksichtigung der in den Nahrungsmitteln selbst enthaltenen Flüssigkeiten.

Ergänzend seien die Ernährungsvorschläge angeführt, die der Deutsche Kneipp-Bund in Abstimmung mit der Deutschen Gesellschaft für Ernährung herausgegeben hat:

Ernähre dich knapp!
Iß nicht zuviel, nicht zu süß und nicht zu fett!
Bevorzuge Nahrungsmittel, die möglichst naturbelassen sind und achte darauf, einen möglichst großen Teil täglicher Nahrung »so natürlich wie möglich« zu verzehren!
Beschränke den Verzehr von Nahrungsmitteln, die nur Energie liefern bzw. keine lebensnotwendigen (essentiellen) Nährstoffe enthalten (z. B. Zucker)!
Iß täglich ausreichend Rohobst, Rohsalate und möglichst auch ein Gericht aus Vollkornflocken oder Getreideschrot!
Verringere den Fettverzehr – insbesondere aus Nahrungsmitteln, die reichlich »verstecktes Fett« enthalten!
Spare bei der Zubereitung von Speisen mit Fett!
Bevorzuge als Nahrungsfette naturbelassene Pflanzenöle, Sahne, Butter und Margarine mit höherem Gehalt an wertvollen Pflanzenölen!
Versorge dich ausreichend mit Eiweiß – vorzüglich aus fettarmen Eiweißträgern wie Milch, Quark, Magerkäse, magerem Fleisch, Fisch, Geflügel und eiweißhaltigen Vegetabilien!
Verwende Salz sparsam und verringere den Verzehr stark gesalzener Nahrungsmittel und Speisen!
Verwende zum Würzen vor allem frische Kräuter, Zitrone, Meerrettich, Zwiebel, Knoblauch sowie alle zur Verfügung stehenden Gewürze!
Erhalte wertbestimmende Nahrungsbestandteile durch schonende Zubereitung!
Bereite alle Speisen möglichst einfach und möglichst frisch, stelle die Mahlzeiten möglichst einfach zusammen!
Verteile die tägliche Nahrungsmenge möglichst auf fünf bis sechs kleinere Mahlzeiten!
Genieße nur mit Maß Bohnenkaffee, schwarzen Tee, Bier, Wein und Spirituosen!

»Im Maße liegt die Ordnung; jedes Zuviel und jedes Zuwenig setzt an Stelle der Gesundheit Krankheit!«

Sebastian Kneipp

Zusammenfassend sei auf das 3. Fundament der Kneipp-Physiotherapie hingewiesen, wie es der Kneippärztebund postuliert:

Eine Diätetik im Sinne einer naturgerechten Vollwert- oder Basiskost, die ohne sektiererhafte Einseitigkeit auf den weitverbreiteten Zivilisationsschaden einer kalorienreichen Mangelkost Rücksicht nimmt und entsprechende Vollkornprodukte, Frischkostbeilagen, reichlich Milchprodukte, Vitamine, Mineralsalze, Fermente und Spurenelemente berücksichtigt und alle denaturierten Nahrungsmittel und Genußgifte weitgehend ausschaltet. Sie ist die Grundform für spezielle Ernährungsformen (Krankendiät, Reduktions- und Schonkost).

4. Die Kneippsche Phytotherapie

Unter einer Arzneibehandlung im Rahmen der Kneippkur versteht man sowohl die Anwendung der Heilkräuter in den verschiedenen Zubereitungsformen als auch die spezifischen chemischen Mittel der Arzneimittelherstellung.

a) Heilkräuter im Wandel der Geschichte

Die Verwendung von Pflanzen zur Unterstützung der Heilungsvorgänge im Organismus ist so alt, wie die Menschheit an Krankheiten leidet. Das erkrankte freilebende Tier sucht instinktiv bestimmte Kräuter, die es im gesunden Zustand verschmäht. Auch der naturverbundene Mensch lernte auf diese Weise die heilenden Kräuter kennen. Soweit man jedenfalls die Geschichte der Heilkunde verfolgen kann, stößt man immer wieder auf verschiedene Pflanzen, denen man heilkräftige Wirkung bei Erkrankungen zuschrieb. Doch ist nicht zu allen Zeiten das gleiche Heilkraut gegen die gleiche Erkrankung gegeben worden. Vieles in der Heilkräuterkunde ist im Laufe der Jahrhunderte dem Wechsel unterworfen und mit stark abergläubischem Beiwerk versehen worden.

Das führte in der Vorherrschaft der naturwissenschaftlichen Medizin seit Anfang des vorigen Jahrhunderts mit dem Emporkommen der Arzneimittelchemie zu einer fast völligen Ablehnung der Heilpflanzen, obwohl unter diesen, wie wir heute wissen, manches gute Heilkraut war.

Es ist vor allem Sebastian Kneipps unbestreitbares Verdienst, daß er die Kräuterheilkunde wieder systematisch in die Heilkunde einführte. Er unterschied sich dadurch wesentlich von seinem großen Vorgänger Vinzenz Prießnitz, der jegliche Form der Arzneibehandlung grundsätzlich ablehnte.

Kneipps Begründung für diesen Schritt: »Ich habe mich lange besonnen, ehe ich mich entschloß, den für sich allein ausreichenden und genügenden Wassermitteln diese Apotheke, das ist das Verzeichnis der dem Wasser von innen entgegenwirkenden Hilfsmittel (Heilkräuter), anzufügen. Es könnte wie eine Mißtrauenskundgebung gegen die Wasserheilkraft aussehen. Doch es gibt Kranke, welche aus unüberwindlicher Wasserangst sich schwer zu einer oft notwendigen längeren Wasserkur entschließen können. Diesen wollte ich es erleichtern. Mit anderen Worten: Die Wasseranwendungen reduzieren, vereinfachen und kürzen die Zeit des Gebrauches. Solches aber kann und wird geschehen, wenn ich der äußeren Kur (mit Wasser) durch die innere Kur (die Heilmittel) in die Hand arbeite.«

Sebastian Kneipp bereitete seine pflanzlichen Arzneimittel noch selbst. In seinem weltberühmten Buch: »Meine Wasserkur« (1886) findet sich ein ganzes Kapitel »Apotheke«.

Er schreibt dort: »Zu den Dingen, welche ich verabscheue und hasse, zählt als ein gründlich und grundsätzlich Gehaßtes das Geheimmittelwesen, die Krämerei mit Heilmitteln, welche als Geheimnis des Erfinders gelten. Diesen Vorwurf soll mir niemand machen können. Darum öffne ich in diesem 2. Teil die Läden meiner Apotheke und lasse einen jeden hineinschauen und hineinschmecken bis ins letzte Teeschächtelchen und ins kleinste Ölfläschchen.«

Das Sammeln und die Selbstherstellung von Heilpflanzenarzneien sind heute weitgehend überholt, obwohl sich in der Volksheilkunde das Sammeln von Heilkräutern und die Selbstbereitung eines gesammelten Tees oder die Herstellung von Frischsäften, Kräuterweinen u. a. immer noch einer gewissen Beliebtheit erfreut.

Das Sammeln gestaltet sich durch Umweltverschmutzung, moderne Verkehrsentwicklung und Verstädterung immer schwieriger. Auch der kleingewerbsmäßige Anbau von Heilpflanzen, der von den Naturheilanhängern eben noch gebilligt wurde, wurde immer problematischer. Nur noch der Anbau im industriellen Großanbau lohnte sich. Hinzu kam noch, daß die selbstgesammelten und verarbeiteten Heilkräuter in ihrer Wirkung zu schwankend und abhängig vom Standort, vom Sammeln, vom Verarbeiten und Zubereiten waren.

Es ist heute im allgemeinen besser, die Hilfe des Apothekers bzw. des Herstellers naturreiner Arzneimittel in Anspruch zu nehmen und Extrakte, Tinkturen, Pillen und sonstige Zubereitungen aus Heilpflanzen in gebrauchsfertigen Packungen zu erwerben. Dann hat man weitgehend die Gewißheit, haltbare (stabilisierte) und ständig in der Zusammensetzung gleichbleibende (standardisierte) pflanzliche Arzneimittel zu erhalten.

Aus Gründen der Veränderungen in sich sollten derartige Arzneimittel einschließlich der getrockneten Heilpflanzen nicht länger als 2 bis 3 Jahre aufbewahrt werden. Frischsäfte dagegen halten sich, wenn sie angebrochen sind, nur wenige Tage.

So weit zur pflanzlichen Arzneibehandlung.

Wie steht es mit den chemischen Arzneimitteln im engeren Sinne?

Der naturheilkundlich eingestellte Patient verbindet mit diesen gerne den Begriff »Gift«. Das ist aber von vornherein falsch. Was heißt »Gift«?

Gift ist jeder chemische Stoff, der zur Gesundheitsschädigung führen kann. Das kann aber vieles sein, selbst Nahrungsmittel und auch pflanzliche Arzneimittel. Es kommt immer auf die Dosis an oder in welcher Weise die Zubereitung oder Zufuhr durchgeführt wurde. Schon Paracelsus (um 1493–1541) sagt: »Alles Ding ist Gift, nur die Dosis entscheidet.«

Wenn man dem Körper auf einmal zehn Hühnereier oder ein paar falsch zubereitete Enteneier zuführt, dann ist das u. U. tödliches Gift. Ebenso ist eine starke Dosis Sennesblätter oder ein pflanzliches Herzmittel u. U. auch schweres Gift.

Gewiß, es soll nicht unterschlagen werden, daß bei den chemischen Arzneimitteln die Gefahr des Mißbrauches wesentlich größer ist als bei den pflanzlichen. Es sei hier erinnert an die vielen Schlafmittel und Psychopharmaka, die sogenannten Seelenwender, die sogar zu Konsumgütern wurden, weiterhin sei erinnert an die Gefahr der echten Sucht mit ihren katastrophalen Folgen, an die oft nur rein symptomatischen Wirkungen, mit denen man sich gedankenlos begnügt, ohne sich um die Ursachen der Erkrankung zu kümmern. Dadurch wird der moderne Mensch zur fast völligen Passivität verführt. Er will durch die leichtfertige, bequeme Einnahme von Arzneimitteln nicht sein Fehlverhalten, das ja in vielen Fällen Krankheitsursache ist, ändern und will nicht um die Gesundheit kämpfen.

Er beachtet nicht die Wahrheit des Spruches: »Gesundheit kauft man nicht im Handel, man erwirbt sie nur im Lebenswandel.«

b) Heilkräuter- oder chemische Arzneibehandlung?

Zweckmäßig können **heilende Pflanzen** fast immer zur Ergänzung der anderen Maßnahmen der Kneippkur eingesetzt werden. Notwendig ist eine **Arzneibehandlung** dort, wo die Grenzen der Heilkraft der Natur gegeben sind.

Wie in der Kneipp-Physiotherapie überhaupt, sind die Grenzen gegeben:

- In der Materie, d. h. wenn keine ausreichenden Regulationen des Organismus mehr vorhanden sind. Das ist dann der Fall, wenn eine Starre oder Erschöpfung der Reglersysteme (ZNS, VNS oder Inkretorium) vorliegt oder wenn es sich um ein hochgradiges oder akutes Herz- und Kreislaufversagen handelt.

  Ferner bei Mangelzuständen, die eine Ergänzung fordern, z. B. bei Ferment-, Vitamin- oder Magensaftmangel u. a. Weiterhin bei starken Schmerzen, z. B. Gallenstein- oder Nierensteinkoliken u. a. und bei der Notwendigkeit, Narkotika einzusetzen. Nicht zuletzt auch bei vielen Infektionen, besonders Seuchen und bei den sog. seelischen Erkrankungen (Psychosen).
- Im Verhalten des Patienten. Wenn er nicht gewillt oder wirklich nicht in der Lage ist, die natürlichen Lebens- und Heilreize, die meist eine aktive Mitwirkung voraussetzen, anzuwenden. Auch dann bedarf er oft des Medikamentes.
- Beim Arzt, der zu geringe Kenntnisse von den Möglichkeiten der Naturheilkunde hat oder nicht in der Lage ist, diese anzuwenden.

Der Naturarzt wird sich, gleich bei welcher Arzneibehandlung, leiten lassen von dem obersten Gesetz der Heilkunde, das lautet: Niemals schaden. Bestimmend für den Einsatz der Arzneitherapie gilt: »Das Heil des Kranken ist für den Arzt das oberste Gesetz.« Er wird sich, abgesehen von den genannten Voraussetzungen, vorwiegend der modernen Heilpflanzenbehandlung (Phytotherapie) bedienen. Diese ist eine hochentwickelte Arzneibehandlung, die zwar von der galenischen Zubereitung der Heilpflanze ausging, aber nicht bei dieser stehengeblieben ist, sondern sich pharmakodynamisch weiterentwickelte und sich den Fortschritten in der allgemeinen Heilkunde anpaßte. Ihre Kennzeichen sind: Behutsamkeit, Anpassung an natürliche physiologische Reaktionsmechanismen, damit weniger symptomatische als vorwiegend funktionell trainierende Wirkung und weitgehende Freiheit von schädigenden Nebenwirkungen.

Die Kneippsche Pflanzenheilkunde kann und will nicht spezifisch wirkende, starke, notwendige Arzneimittel ersetzen, wohl aber diese einsparen helfen. Darum besteht kein Bedenken, auch in der konsequenten Kneippkur eine Arzneitherapie einzubauen.

Zur Information über die einzelnen Heilkräuter und ihre Wirkung muß auf die zahlreiche entsprechende Literatur hingewiesen werden. Insbesondere sei auf die Arbeiten des Altmeisters der Pflanzenheilkunde Dr. med. R. F. Weiß hingewiesen.*

c) Zubereitungsformen der Heilkräuter

Heilende Pflanzen können je nach ihren wesentlichen Inhaltsstoffen bzw. je nach ihren Wirkstoffen verordnet werden zum innerlichen Gebrauch als Tee, Pulver, Tabletten, Tinkturen, Extrakte, Öle, Preß- und Frischsäfte.

Für den Hausgebrauch kommt meist nur die Zubereitung als Tee in Frage. Man unterscheidet dabei den Aufguß, die Abkochung und den Kaltauszug.

Aufguß

Hierzu eignen sich vorwiegend: Blüten, Blätter, ölhaltige Früchte oder Samen.

Z. B.: Kamillenblüte, Weißdornblüten, Melissen-, Pfefferminz-, Rosmarin-, Birken-, Salbeiblätter u. a., Huflattich (Blätter und Blüten). Ölhaltige Früchte: Fenchel, Anis, Kümmel u. a.

Die übliche Zubereitung:

1 bis 3 Teel. der trockenen Substanz auf 1 Tasse werden mit kochendem Wasser überbrüht, 5–10–15 Minuten ziehen gelassen, abgeseiht. Meist warm trinken.

Abkochung

Hierzu eignen sich vorwiegend: Rinden, Wurzeln, Stengel, hartes Kraut.

* Dr. med. R. F. Weiß: Heilpflanzen, in: »Neues Großes Kneippbuch« Jubiläumsausgabe Ehrenwirth-Verlag München, herausgegeben von Sanitätsrat Dr. med. Jos. H. Kaiser. Dr. med. R. F. Weiß: Moderne Pflanzenheilkunde, Kneipp-Verlag GmbH, Bad Wörishofen. Dr. med. R. F. Weiß: Lehrbuch der Phytotherapie, 1974 Hippokrates-Verlag, Stuttgart.

Z. B.: Faulbaumrinde, Tormentillwurzel, Enzian (1 Teel. Wurzeln nur 5 Minuten), Schachtelhalm, Johanniskraut (Blüten u. Blätter), Hopfenzapfen.

Die übliche Zubereitung:

1 bis 2 Eßl. der getrockneten Substanz pro Tasse werden mit kaltem Wasser in einem zugedeckten Gefäß aufs Feuer gesetzt und je nach Härte der Droge 5–10–15 Minuten auf kleiner Flamme gekocht, an einem warmen Ort noch 10 Minuten ziehen gelassen und abgeseiht. Oft nur 1 bis 2 Tassen schluckweise trinken.

Kaltauszug

Hierzu eignen sich vorwiegend: Sennesblätter, Tausendgüldenkraut, Wermut, Wacholder, Königskerze oder Wollkraut, Mistelstengel und -blätter.

Die übliche Zubereitung:

1–2 Teel. der Droge werden pro Tasse mit kaltem Wasser angesetzt, etwa 6 bis 12 Stunden stehen gelassen und nach Umrühren abgeseiht. Tägl. 1 bis 2 Tassen trinken, bei den Bitterkräutern zur Appetitanregung schluckweise vor dem Essen, bei Magenübersäuerung nach dem Essen.

Kombination von Kaltauszug und Abkochung

Hierzu eignen sich: Baldrianwurzel, Faulbaumrinde, Mariendistel u. a. vor allem in Teemischungen.

Die übliche Zubereitung:

1 bis 2 Teel. trockener Droge pro Tasse, kalt angesetzt, ca. 12 Stunden ziehen gelassen, kurz aufgekocht, abgeseiht. 1 bis 2 Tassen täglich meist warm trinken.

Fertige Teegemische

Diese sollen nach den meist angegebenen Vorschriften zubereitet werden.

Ein kritischer Hinweis: Eine große Zahl von Heilkräutern in einer Zusammenstellung gemischt zeugt von einem Genie, der die oft in den Wirkstoffen gegensätzlichen Wirkungen harmonisch unter einen Hut zu bringen versucht, oder von einem Hersteller, der keine Ahnung von einer erfolgreichen Heilpflanzenanwendung hat.

5. Die Kneippsche Ordnungstherapie

Es ist wohl verständlich, daß eine Kur von einigen Wochen – es sollten mindestens 3 bis 4 Wochen sein – nicht immer alle Gesundheitsschäden beseitigen und die Leistungsfähigkeit optimal steigern kann. Haben doch diese Schäden und die Leistungsminderung oft viele Jahre benötigt, um zu entstehen. In diesen Jahren stand oft ein mehr oder minder großes Fehlverhalten in der gesamten Lebensführung im Vordergrund.

Trotz dieser Einschränkung der Erfolgsaussichten lassen sich bei rechter Einstellung zur Kneippkur, beim richtigen Verhalten in der Kneippkur oft wesentliche Besserungen erzielen. Vor allem lassen sich Verhaltensweisen erlernen, die für das weitere Leben entscheidend sein können.

Es geht um das rechte Verhalten im gesamten Leben, letztlich um die rechte Ordnung in allen Lebensbereichen. Dazu ist eine Stellungnahme zum Sinn des Lebens unausweichlich. Welchen Sinn man dem Leben gibt, ist eine Frage der Weltanschauung. Auf diese hier näher einzugehen, ist nicht möglich. Es soll aber versucht werden, von einer Einblendung auf den Begriff Gesundheit doch eine mögliche Richtung anzudeuten, um zu einer rechten Lebensordnung zu kommen. Auf die verschiedenen Definitionen des Begriffes Gesundheit soll an dieser Stelle nicht eingegangen werden.

Es geht hier um den Begriff der Gesundheit, wie ihn Sebastian Kneipp formulieren würde: »Gesund ist nur derjenige, der es *gelernt* hat, mit sich selbst, seiner Umwelt und dem Herrgott fertig zu werden.« Wir erinnern daran, daß auch ein Mensch mit einem inneren oder äußeren Defekt – z. B. Zustand nach Herzinfarkt, nach Magenresektion oder nach Amputation o. ä. – noch gesund werden kann, wenn es ihm gelingt, mit seinem Defekt noch das Leben zu meistern. Daß das möglich ist, beweisen Tausende und Abertausende von »Krüppeln« aller Art. Meistern aber kann man das Leben nur vom Geistig-Seelischen aus. Vergessen wir es nicht: »Wer das Leben nicht vom Geistig-Seelischen aus meistert, wird immer krank, niemals gesund.«

Das fünfte Fundament der Kneippkur ist das Lebensordnungsprinzip. Es geht um die Lebensordnung in und nach der Kur.

Was besagt dieses Lebensordnungsprinzip?

Es berücksichtigt in der Vorgeschichte die bisherige Lebensführung und in der Behandlung die leiblich-seelischen Zusammenhänge und versucht, eine natürliche Lebensordnung im seelisch-leiblichen Bereich wiederherzustellen, soweit das möglich ist.

Es geht also immer wieder um den ganzen Menschen in seiner Leib-Seele-Einheit.

Darum sind zur Erhaltung und Wiederherstellung der Gesundheit körperliche und geistig-seelische Maßnahmen erforderlich.

Es geht um ein Meiden und um ein Tun. Zum Meiden, soweit möglich, gehören die falschen, unnatürlichen Lebensverhältnisse: Mangel an reiner Luft und natürlichem Licht, eine völlig falsche Ernährung, wie sie heute noch weitgehend üblich ist, Mangel an Bewegung auf der einen und Mangel an ausgleichender Ruhe auf der anderen Seite, Mißbräuche aller Art, besonders an Nikotin, Koffein, Alkohol, Schlaf-, Schmerz- und sonstigen Arzneimitteln und nicht zuletzt der Disstreß, die Überforderung des Menschen ohne entsprechende Ausgleiche.

Im geistig-seelischen Bereich sind zu meiden, soweit möglich: Jede Unordnung und jede Disharmonie im geistig-seelischen Bereich. Im Vordergrund steht das Fehlen eines Lebensinhaltes und eines Lebenssinnes, das Fernsein von Gott, der Verlust der Geborgenheit.

Prof. Frankl sagt hierzu: »In der Seelenheilkunde geht es im wesentlichen um die Sehnsucht der Menschen nach einem Lebensziel und Daseinszweck, nach einer konkreten Aufgabe und einem persönlichen Auftrag, mit einem Wort: mit dem Ringen um den Sinn seines Daseins. Der Mensch kann krank werden durch ein Sinnlosigkeitsgefühl.«

Aus dem Unterbewußtsein, aus der Tiefe der Seele ist es die Unordnung des Triebstrebens:

- Die Übersteigerung des Machtstrebens, das Nichtdienenwollen, der Wille zur Macht, der letztlich Ursache auch aller Kriege ist.
- Das ungeordnete Besitzstreben, das Raffen und Jagen nach Geld und Gut ohne Rücksicht auf leibliche und seelische Gesundheit.
- Der brutale Wille zur Lust und die daraus resultierende chaotische Verwilderung des Geschlechtstriebes (Empfängnisverhütung um *jeden* Preis, Abtreibung, Perversität u. a.). »Geschlechtsleben wird Genußmittel – anstatt Ausdrucksmittel der seelisch-geistigen Verbundenheit – der Liebe« (nach Prof. Frankl).

Es geht aber nicht nur um die Feststellung und Erfassung der Quellen für die Störung der rechten Lebensordnung, sondern auch um deren aktive Überwindung.

Zu den positiven Maßnahmen der Überwindung der Gesundheitsstörungen aus dem körperlichen Bereich gehören alle natürlichen Lebensreize im Sinne der aktiven Gesundheitspflege (s. dort), mit denen alle eigenen Kräfte des Organismus mobilisiert und durch Training oder

Übung zur individuellen Höchstleistung gebracht werden.

Die vom geistig-seelischen Bereich ausgehenden Störungen der Gesundheit erfordern Maßnahmen aus diesem Bereich. Es kann an dieser Stelle nicht auf die etwa notwendigen fachärztlichen Behandlungsmethoden eingegangen werden, sondern nur auf einige allgemeine Aspekte.

Notwendig ist zuerst die Änderung der geistig-seelischen Fehlhaltung dem gesamten Leben gegenüber und das Suchen und Finden eines wirklichen Lebenssinnes und Lebenszieles. Das unbedingte »Ja«sagen ist entscheidend. Denn aus der Verneinung der gottgesetzten Ordnung entsteht die gesundheitliche Not und darüber hinaus auch die allgemeine Not des modernen Menschen. Trotz aller Fortschritte auf fast allen Teilbereichen der modernen Technik und Heilkunde sind Krankheit, Leid, Not und Tod im Grunde unbesiegt geblieben, weil man die Wirklichkeit der Seele leugnet. Ohne die Einheit Leib-Seele anzuerkennen, ist die Herstellung einer echten Lebensordnung unmöglich.

Das sah auch Sebastian Kneipp in seiner Ganzheitsschau sehr deutlich. In seinem vorletzten Buch »Mein Testament« (1894) führt Kneipp folgendes aus, das grundsätzlich auch heute noch gilt:

»So geht das Sinnen und Trachten vieler Tausende nur auf das Geschäft- und Zeitliche; dabei vergessen sie das wichtigste Geschäft, für das Heil ihrer unsterblichen Seele zu sorgen. Wie viele Leute findet man im heutigen Leben, die, solange ihre Kräfte reichen, nur auf ihr Geschäft versessen waren, aber an keinen Gott und keine Religion dachten! Ihren Frieden und ihr größtes Glück suchten sie nur im Zeitlichen; jetzt sind ihre Kräfte erlahmt, sie verfallen in Trübsinn, arten zu Neurastenikern aus und suchen Frieden und Ruhe, ohne sie zu finden; denn das, was wirklich Ruhe und Frieden bringen könnte, kennen sie nicht. Sage mir niemand, daß die Religion auf den Menschen, ganz besonders auf einen Neurasteniker, keinen Einfluß habe; denn wie viele waren hier, die nach langem Gebrauche der Wasserkur nicht besser daran waren und bei denen die neurastenischen Schmerzen an allen möglichen Stellen sich immer wieder fühlbar machten! Erst als man den Zustand ihrer Seele erkannte und dahinein Ordnung brachte, ging es mit dem körperlichen Leiden auch besser.«

Eine echte tiefe Religiosität kann auch heute noch dem modernen Menschen den Weg zur optimalen Harmonie zwischen Leib und Seele und damit auch den Weg zu einem wahrhaft glücklichen Leben zeigen.

Zum Schluß dieses Kapitels ein Zitat zum Nachdenken:

»Vor allem sind drei Sünden der Menschheit zum Nachteil. Diese sind Verweichlichung, Genußsucht, Eitelkeit. Diesen drei Sünden will ich drei Tugenden entgegenstellen: Abhärtung gegen die Verweichlichung, Einfachheit gegen die Eitelkeit und Genügsamkeit gegen die Genußsucht. Mit diesem Rezept könnte man alle Menschen glücklich und zufrieden machen, und die soziale Frage, die keiner zu lösen im Stande ist, würde von selbst gelöst sein.«

Aus: Sebastian Kneipp: »Allerhand Nützliches für Wasserkur und Lebensweise«, gesammelte Aufsätze.

Bildnachweis

Die Zeichnungen auf den Seiten 35, 46, 49 und 65 sind entnommen aus: Dr. med. Josef H. Kaiser, Kneippsche Hydrotherapie. Allgemeine und spezielle Balneotherapie, Sanitas-Verlag – M. Th. Kathol, Bad Wörishofen. Mit freundlicher Genehmigung des Kneipp-Verlags, Bad Wörishofen.

Die Zeichnungen auf den Seiten 57, 58, 59, 63, 86 und 99 entstammen dem ›Neuen Großen Kneippbuch‹, herausgegeben von Dr. med. Josef H. Kaiser, Ehrenwirth Verlag München.

Alle übrigen Zeichnungen wurden ursprünglich angefertigt für das vorliegende Buch.